记忆就像一个老旧的唱片，慢啊慢，到最后很多东西都模模糊糊。

可是有的事情在深夜里忽然涌来，怎么也忘不掉。比如那个除夕的夜晚，江面上都是一星一星的光，清寂的灯火扑向人间。

他们就在那些灯火里安静地接吻。

目录 CONTENTS

楔子 001

Chapter 01
认识谢冉的那年 /006

Chapter 02
夏天才刚刚开始 /025

Chapter 03
我们去看星星吧 /044

Chapter 04
你好像发烧了 /062

Chapter 05
江夏，抓紧我 /081

Chapter 06
我们的秘密基地 /099

Chapter 07
你被逮捕了 /115

Chapter 08
狐狸与小王子 /132

Chapter 09
我陪你长大 /151

Chapter 10
喜欢的女孩 /172

Chapter 11
谢冉，别走 /197

Chapter 12
我喜欢你 /215

Extra
除夕夜 /239

那个夏天的故事
The story of that summer

品质　音效

楔子

一

二〇二四年,上海,夏天。

她在对话框里打字:我回上海了,今天下了点儿雨,我想见你了。

十年后的夏天,她又回到上海。

夜里忽然下了点儿雨,签售会结束以后,展厅的玻璃门打开,人流涌了出来。

马路边停着成排的车,霓虹灯亮在雨雾里。有人撑起伞,有人招手拦车,更多人踩着雨水往地铁口走,水面像破碎的镜子,遍地都是粼粼波光。

江夏站在门口,微微仰头,雨水从天空落下,映在她明净的瞳仁里。

她接过一把递来的伞，微笑着拒绝了身边一位青年作家开车送她回酒店的善意，然后一个人撑伞走进雨里。

纤细的身影融入雨幕，棉麻布裙沾了水，像一束雨里盛开的菖蒲。

江夏离开上海已经十年了。

那时候她刚毕业，拖着一个行李箱，在火车站和那个人道别，然后在轰隆隆的铁轨声中去了南方。

她白天上班，晚上回出租屋打字。夜深人静时，在噼里啪啦的键盘声中，她写下一个又一个故事。写到高兴或者悲伤的时候，她会坐在地板上小口喝着啤酒。

易拉罐的环扣刺啦一下拉开，白色的小气泡嗞嗞地响，就像她的梦想。

后来她的梦想实现了。

她写了很多故事，关于各种各样的人。她把这些故事印成一沓又一沓纸，贴上邮票寄到出版社，等来的却是一封封拒绝的回信。

直到某一天，半锈的铁质信箱打开，里面掉出一封信，她的故事被刊登在了杂志上，拿了那一年的新人作家奖。

再后来，她成了一个写书的人。

写书的这些年里，江夏去过很多地方，有时候是采风，有时候是见朋友，有时候是单纯的旅行。

她看过山，看过海，看过花，独自一人行走过很多地方，偏偏没有回过上海。

终于在这个夏天，她还是回来了。

起因只是一场签售会。她在很多地方开过签售会，可是从来没有选择过上海。

有一天，朋友问她为什么不去上海，她愣了一下，然后低头笑了笑，心里想，是啊，为什么不去上海。

这么多年过去了，她其实快忘记那个人了，却还在下意识地避开那座城市。

其实没什么必要避开他了，毕竟这么多年过去，他们分开的时间比在一起还要长，于是她来了上海。

签售会的主办方安排得很好，各种活动把行程表塞得满满当当：听瓦格纳的歌剧、参观双年画展，和很多人吃饭，认识新朋友，也和旧朋友打招呼。

在上海的最后一天，下午的时候展厅全是人，江夏和很多作家朋友坐在一张长桌上，低着头签完字，然后抬起头对读者笑。

有小孩子捧着书，对身边的人说："以后我也要写故事，成为一个大作家，让所有人都知道我的名字。"

听到这句话的时候，江夏怔了一下，想起以前她也跟那个人说过类似的话。

心里忽然一动,她迟疑了一下,点亮手机屏幕,又熄灭,再次点亮。

打开对话框,停了好久,发送了一条消息:我回上海了。

对面很安静,没有回答,也许是没看见。

这天的晚饭是和在上海的几个老朋友吃的,一群人吃的火锅,在一个老朋友家里,热腾腾的雾气染白了玻璃窗。

夏天吃火锅有点热,江夏坐在窗边,开了条缝,她一面在玻璃上一笔一画地画小人,一面听老朋友们有一搭没一搭地说话。

请客的老朋友姓年,大家都叫他老年。

江夏认识老年的时候,这家伙还是个文艺青年,单身,斯斯文文,戴一副银边眼镜,喝醉了酒的时候踩在桌子上用德文念诗,歌德或者席勒的诗。德文音节晦涩又难懂,在雾气缭绕的房间里朗朗地响。

老年现在是文学院的教授,研究方向是本雅明和德国文学,他也不再是单身汉了,他的太太是作协成员,经常在报刊上写影评。

几个人谈笑的时候,年轻的太太洗了水果端出来,一身袅袅的旗袍,微笑的时候嘴角有梨涡。

这时候江夏忽然轻声问了一句:"他还好吗?"

屋子里静了一刹,满屋的人都没说话,火锅里的水开了，咕嘟咕嘟冒着水泡。

江夏拨开脸颊边的一缕发丝，转过头笑："我以为他不来是因为我在。"顿了一下，又笑，"没什么，这么多年过去了，我和他的事早就过去了。"

"今年还收到了他寄的书。"她笑笑说，"我都回上海了，还以为他会见我一面。"

她没提名字，但屋里的人都知道她说的是谁。两个人认识那么多年，关系早就变得模糊不清。兜兜转转到最后，她不知道该怎么称呼他，只好变成一个含混的"他"。

风吹进来，吹起她的头发，她往窗外看去，雨中的菖蒲开得很漂亮。

晚饭结束后是最后一场签售会，第二天江夏就要坐飞机去南方。

她从展厅出来以后慢慢地踱步，一路上是明亮的灯火，城市的灯火坠落在水里，满地都是一星一点的光。

夜深的地铁空空荡荡。

她听见广播在响："末班车已经发出，前往终点站的旅客，请选择其他交通方式。"

忽然又想起那个人，地铁上的光摇摇晃晃。

她低下头，双手攥紧椅子边缘，深呼吸，眼泪还是掉了下来。

Chapter 01
认识谢冉的那年

信件永远都不会及时，
隔着信纸就像隔着光阴。

高三那年，江夏十七岁，刚过完生日。

放学之后，她钻进街边的网吧里，给老板塞了张皱巴巴的十块钱，然后窝在键盘前的椅子上，咬着一块黑麦面包，打开电脑。

周围闹哄哄的，打游戏的少年戴着耳机骂骂咧咧，聊视频的男人压低嗓音同对面的女孩讲笑话，柜台前的老板在看足球比赛，偶尔进球时发出一声暴喝，主机开机的嗡嗡声淹没在吵闹声里。

蓝色的开机界面闪过后，江夏熟练地打开 IE 浏览器，登录 BBS 论坛，快速打字，私信界面还停留在上次的对话上。

大角：生日快乐，寄的书收到了吗？

夏天：收到啦。

屏幕右下角的数字时间不停闪动，显示二〇〇九年八月六日下午四点二十八分。

十几年前的那个年代，互联网还在渐渐普及，聊天软件才流行不久，手机品牌还是诺基亚和摩托罗拉，上网冲浪的方式主要靠刷BBS论坛。

北京奥运会才过去一年，街上还在放《北京欢迎你》，旋律轻快又欢乐。

江夏一边挪动鼠标，一边轻轻地跟着哼歌，少女哼唱的声音像是夏末的风，打着旋吹开满地的叶子。

江夏点开电脑桌面上的企鹅图标，输入一长串账号、密码，然后戳了戳好友列表里一个亮着的头像，头像是一只圆脸暹罗猫。

她往对话框里输入完，点了发送，聊天框的蓝色小气泡往外弹。

夏天：书我读完了。

"夏天"是江夏在论坛和QQ的昵称，也是她给自己取的笔名。

她是同龄人里最早上网冲浪的那批人之一，初中的时候她就已经在各大论坛里混了个脸熟。

谁也不知道，这个看起来乖巧纤细的女孩，顶着一头漂亮的短发和柔软的齐刘海，白色校服干净整齐、一尘不染，却经常在放学后的傍晚溜去街边的网吧，花十块钱从天黑坐到天亮。

那些日子里，窗外的电线杆旁扑扑地飞过鸟雀，高中生们踩着自行车飞奔过街道，江夏在满屋的烟味里窝在电脑前噼里啪啦打字，咬着她的黑麦面包，像个叛逆的少女。

江夏最喜欢逛的是一个叫"十月"的论坛。

论坛的名字取自狄兰·托马斯的一首诗，里面说诗人出生在春夏季节、多雨的十月、水鸟翻飞的日子。

那个论坛是文艺青年们的聚集地。文艺青年们觉得这个名字很酷：十月是诗人出生的时节。论坛里的人都喜欢发表文学作品，最流行的就是自由体诗歌。

大家在最早的互联网论坛上以文会友，互相吹捧彼此的文学才华，时而愤懑，时而激昂，仿佛古时候在酒肆里吟诗的那些怀才不遇、惺惺相惜的长衫文人。

后来的第一批流行文学作家，很多都出自这里。

江夏就是在这个论坛上认识谢冉的。

谢冉在论坛上的名字是"大角"，是个已经小有名气的十七岁天才少年作家。他发表的短篇科幻小说曾登上过当时最热门的文学期刊，论坛里的人都称他"大角老师"。

"大角老师"经常在论坛里看帖子中的小说,有时候看到喜欢的作品,会帮忙推荐给相熟的编辑。那时论坛里很多人的第一篇发表作品,就是通过大角老师介绍的。

认识谢冉的那一年,江夏才十四岁。

每次下课铃响,她就从课桌里摸出一叠草稿纸,一笔一画地在上面写小说,就这样她花了三个月的时间写了一个小短篇,又花了三个星期把它打成电子稿,认真地写上笔名、真名、联系方式和个人简介,小心翼翼地发给谢冉。

原本她对谢冉的回复不抱希望,可是他居然在第二天就回了。

大角:你真是天才少女!

这是他们两个人说的第一句话。

那是一个夏天,南方的夏天总是晴空万里,阳光洒落下来,从半开的窗外涌入,被满墙的爬山虎染成绿色。

十四岁的江夏得意地哼着歌,一边摇晃着双脚,一边歪头听谢冉对她的夸赞。

十四岁的江夏就这样和十七岁的谢冉成了朋友。两个人互相欣赏对方的文字,一旦有空就没完没了地聊天,从论坛、邮箱,再到QQ,有什么方式就用什么方式,他们什么都聊,聊诗歌、聊创作、聊论坛里的八卦和小故事。

十四岁的江夏心里装着那么大一个世界,只有十七岁的谢冉知道。

每天放学，江夏背起书包就往校门口跑，一溜烟地去找她的灵魂挚友。

一根网线连接了两个人，天南地北的相逢。

江夏知道谢冉在上海念书，独自租房，养猫，读书，写作。

他有时候同江夏讲起他的猫和他的生活，更多时候同她聊文学，聊德国的歌德和席勒，或者法国的拉伯雷以及西班牙的塞万提斯，还有遥远的哥伦比亚的马尔克斯。

据说南美洲是个白日见鬼的地方，谢冉说他有一天想去看看，江夏说那好哇，我们两个一起去。

他们是最好的朋友，那时候江夏觉得，最好的朋友的意思是，我会陪你笑、陪你哭、陪你去很多地方，山高水长地过一辈子。

江夏生活的地方是个小城市，小城市的图书馆没有太多书，于是谢冉每年在她生日的时候都给她寄书。

江夏的生日在夏天，谢冉就把书从上海的夏天寄到南城的夏天。

谢冉什么书都寄，手边买到什么书就寄什么书，于是有时候江夏会收到稀奇古怪的二手书，有时候是足足八开的大画集，上面印着前拉斐尔派色彩缤纷的华美油画。

在十七岁这年夏天，江夏收到了博尔赫斯的诗集。

晚自习结束后，她坐在教学楼最高的那级台阶上捧着诗集读诗，风吹起她的白色校服，诗里面好像有星星点点的光。

然后在周五放学以后，江夏对着谢冉的头像框啪啪打字：书我读完了。

大角：这么快？

夏天：嗯哼。

她歪着头继续打字。

夏天：一个坏消息。

大角：什么？

夏天：我们高三正式开学了。

大角：所以？

夏天：我以后不来网吧了，我要好好学习。

夏天：告辞。

大角：认真的？

江夏自顾自地点点头，又想起隔着网线他也看不见，于是在键盘上敲字：认真的。

夏天：我会想你的。

夏天：再见。

大角：再见，高考加油。

这么打着字，两个人居然伤感起来。

以前谢冉高三开学的时候也同江夏一本正经地告过别，两个人郑重约定了过一年等谢冉高考完再聊。

一整年里每天都在聊天的两个人，忽然一下子断了线，就好像小机器人被拔断了电源，断电前全身电流噼里啪啦地响，那是某种戒断反应。

或许是年少，对时间的流逝太过敏感，短短几个月的分别漫长得好像一生。

终于有一天，江夏在网吧里发呆的时候，右边浮窗的企鹅软件里那个灰了很久的暹罗猫猫头亮了，网线对面的谢冉打字：下课了？

江夏扑哧一声笑了，她都能想象这家伙绷着脸承认他想她这个朋友了，还要装作随意地问一句"在不在"。

夏天：某人说过，高三了，要断网。

大角：我给你写信吧。

夏天：啊？

于是在谢冉高三断网的那一年，他给江夏写了很多信。

他经常在课后午休的缝隙里写信，每周把一叠信纸折进一个大信封里，贴好邮票扔进学校附近的邮筒。

另一边的江夏从楼下旧信箱里取到信的时候，还能嗅到正午阳光的味道和一点淡淡的薄荷香。

谢冉的字很好看，带着淡淡的薄荷气息。

江夏没见过他的样子，猜测他一定是个很爱干净的男生，写字的时候坐得端正，阳光从他的发梢垂落下来，在信纸上染上一层温暖的弧光。

木心说过，从前的车马邮件都很慢。江夏那时候就懂了这句话的意思，她和谢冉做了大半年的笔友，每次等他的来信都要等很久，等收到谢冉的回信时，她已经忘记自己在上一封信里写过什么了。

信件永远都不会及时，隔着信纸就像隔着光阴。

她把这个想法告诉谢冉，谢冉说，就像是昨天的我在和今天的你说话，写信的那一刻被信纸保留下来，仿佛凝固了时间。

如今轮到江夏念高三了。

她要专心读书准备考试，放学后不能往网吧跑，两个人又有大半年不能在网上聊天了。

江夏有点不舍，正犹豫着要不要重启写信的方式，这时候对话框里的猫头谢冉提议：写信太花时间了，要不我们发短信吧？

江夏摇头，打字：可是我没有手机。

大角：你有。

夏天：什么意思？

大角：去邮局看看。

大角：你有一个包裹，应该已经到了。

江夏轻轻眨了眨眼睛。

大角：是生日礼物。

江夏啪的一声关了电脑，从网吧匆匆忙忙地跑出来，踩着阳光的尾巴往巷尾的邮局里冲，赶在拉闸前的最后一刻拿到了包裹。

她坐在石阶上撕开包装纸，夕阳的光把她的影子拖得老长。

纸盒子里装着巴掌大的崭新手机，握在手里很轻，手机品牌是诺基亚，按键是黑色的英文字符，小小的屏幕是方形的，像一扇窗。

江夏拥有了人生中第一部手机。

她长按开机键，点开通讯录，里面只有一个联系人，备注是"大角"。那串电话号码以1开头，以7结尾，很好记，刚巧是这家伙的生日。

江夏摁下拨号键，听了几声嘟嘟声后，对方接通了电话。

听筒里传来干净好听的男生嗓音："喂，江夏。"

街边小马路上，摩托车和三轮车驶过，潮水般的喧嚣衬得谢冉的声音很遥远。

他的嗓音比她想象中稍微成熟一点，介于少年和青年之间，温和动听，像一缕夏末的风。

江夏握着手机静了一会儿，听到听筒那边的男生含笑说道："十七岁生日快乐。"他顿了一下，又补充道，"有点迟了，抱歉，邮寄的时间不太好估算……"

"谢冉。"她喊道。

"嗯？"

江夏踮着脚，在石阶上踩来踩去，白色校服的下摆在风中起落，仿佛蝴蝶翅膀。她紧紧握住手机，耳朵贴着听筒，脸颊在阳光下微微发烫。

"多谢你哦。"她小声说道。

"不用谢。"听筒那边的男生在笑。

"送我这么贵重的礼物……"江夏又小声说，"让你破费了。"

"等你发稿费以后回礼给我就好了。"谢冉答得漫不经心，"上周编辑说已经定好了，你的短篇刊登在第四期，她让我跟你转告一声。"

他换了话题："第一次听见你的声音，好像跟想象中不一样。"

"什么?"

"有点怪。"

"哪里怪?"江夏警觉起来,这家伙有时候会忽然很毒舌,她不确定他是不是要拿她开玩笑。

"怪可爱的。"听筒对面的男生歪着头,"江夏同学,你真的有十七岁吗?我怎么觉得声音听起来像七岁小孩。"

果然是要拿她开玩笑,两个人平时聊天都习惯了连名带姓地喊对方,在名字后面加上"同学"显然是使坏。

"滚!"江夏怒斥,"你才像七岁小孩,你全家都像七岁小孩!"

"那我滚了。"谢冉还是笑,"高考加油,江夏同学……"

在他把话说完之前,江夏恶狠狠地摁断了电话。十七岁的江夏个子不高,顶着一头柔软的短发,乖巧的样子好像初中生,却最讨厌别人把她当小孩。

关掉手机屏幕的时候,一条短信叮地冒出来:**高考加油,不高兴的时候可以给我打电话,我一直都在。**

江夏对着短信看了一会儿,双手捧着脸揉了揉脸颊,重重地哼了一声,背起书包往家走去。

黄昏时分,电线杆的影子拉得很长,麻雀在交缠的电线上起起落落。

小街的尽头是一扇半旧的铁门,常年开着,再往里走就是江夏住的那栋老楼。

楼底下七零八落地停着自行车，车边张牙舞爪地坐着几只野猫。

江夏在单元门边蹲下来，从书包里摸出一个猫罐头，拉开盖子上的扣环，喂猫。

野猫们围着她喵喵地叫，这时候头顶的路灯亮了起来，照亮了女孩和猫小小的身影。

喂完猫以后，江夏上了三楼，站在家门前，从挂在脖子上的钥匙串里挑出一把，插进锁眼里，对着门里面大声喊："我回来啦！"

木门吱吱呀呀地打开，风从背后灌进来，吹起她的刘海和衣角。

家里面空空荡荡的，没有人回答，夕阳的光线斜照进来，在地面上投出狭长的影子。

十七岁的江夏一个人住在这间老房子里，她不确定这里还能不能被称为家。

在她的记忆中，父亲和母亲从来没有吵过架，他们相互之间毫不关心。不知道从哪一天起，父亲就开始经常在外面过夜，说是公司应酬；母亲渐渐地也开始说上班很忙，让江夏拿着零花钱自己去街边的小店吃饭。

江夏知道父亲在外面有别的女人，母亲也在外面有别的男人。有一天，他们带着各自的伴侣撞在一起，也不尴尬，只装作不认识。他们还没有离婚，只是因为江夏还没有长大。

还没有长大的江夏独自一人守着这个家，她知道等到她长大的那一天，这个家就散了。晚上的时候，她抱着毛绒熊入睡，轻轻地给自己哼歌，在脑海里想象一个很大很温柔的世界，在那个世界里，每个小孩都是幸福的。

她的父母都很少回家，初中的时候家里偶尔还会开火做饭；读高中后，江夏就开始了完全独立的生活。

她把自己照顾得很好，每天早上在校门口的早餐铺买肠粉，中午的时候和同学一起吃食堂，放学后买一袋黑麦面包，然后去网吧待到晚上。

因为家离学校很近，她没分配到宿舍，是走读生。她没申请在校晚自习，喜欢带着作业在网吧里写。遇到不会的问题就打开论坛发求助帖，论坛里总有奇人异士指导她做题，数理化、政史地都包教包会。

谢冉有时候开玩笑说，她简直拥有一个团的免费辅导老师。

江夏过得很自由，什么时候回家都无所谓，经常在网吧里待到夜深人静。班上的同学有时候很羡慕江夏，因为她家里人不管她,别的同学都有父母催着回家吃饭,只有她可以在外面玩到半夜,反正家里也没人等她。

可同学们不知道的是,江夏其实也很想要有人喊她回家。

在同学眼里,江夏一直是个很乖的女生,长得漂亮,说话声音很软,学习也很刻苦,老师们都很喜欢她。

但江夏其实也当过野孩子,干过一些出格的事,想以此吸引父母的注意。她只是想知道,假如她哪天破罐子破摔、彻底堕落,他们会不会气得扇她一巴掌。

扇她一巴掌也好,毕竟父母已经很久没有认真关心过她了。她的个子长高了,头发变长了,还成了学校里的校花,他们什么都不知道。也许只有她把自己毁掉,他们才会后知后觉地关心她。

江夏把这些想法告诉谢冉的时候,他第一次跟她吵架。

谢冉从来没有那么凶过,隔着网线江夏都能感觉到他很生气。谢冉说,江夏你要爱惜你自己。谢冉说,江夏你要对自己的人生好好负责。最后谢冉说,江夏你在哪里?我去找你,我担心你。

那时候是深夜,江夏趴在电脑屏幕前,四周都是蓝莹莹的光。谢冉打的字一行一行地蹦出来,映在她的眼睛里。看了一会儿她就笑了,笑着笑着又哭了。

最后她打字：别担心啦，我会照顾好自己。

她就这样跌跌撞撞地长大，身边有一个看不见的朋友，他的名字叫谢冉，笔名大角。他会给她写信、给她寄书，在夜深人静的时候陪她聊天，偶尔毒舌、偶尔温柔，生气的时候打字速度超级快。

高三正式开学以后，学校要求每个学生都留下来晚自习。

江夏不再去网吧，每天都在学校和家之间两点一线地来回，晚上刷题到深夜十二点半，第二天大清早六点再爬起来背书。

断网的时间里，江夏和谢冉用短信保持着联系。

自从暑假的那通电话过后，两个人就没有再通过电话，还是习惯用文字交流。短信按条收费，满七十个字算一条，连标点符号也算在内。

江夏觉得既然付了一条短信费就一定要把七十个字写满才划算，每次都删删减减、物尽其用地把一条短信塞得满满当当。

她总是花好长时间编辑好短信再发出去。

夏天：今天理科楼传纸飞机，从六楼传到三楼被校长没收了。政治老师讲题说这道题不选ACD，因为ACD不合题意。同桌给我带了三种不同口味的糖，芒果、巧克力、草莓,晚安。

大角:什么情况?

大角:说人话。

大角:晚安。

江夏盯着信箱里接连蹦出的三条短信,对谢冉浪费短信费感到深深的愤怒。

夏天过得很快,秋天来了又去,很快又是年关了。

这一年春节江夏在外婆家过,父亲和母亲难得同时出现在同一场合,只是生疏得好像两个友好的陌生人。

等到跨年倒计时,江夏裹着厚厚的羽绒服窝在没有人的小阁楼上,插上网线连上耳机打开电脑,在QQ里输入一串群号码。

十月论坛上那群人建了个聊天群,第一次尝试用群语音通话来互道新年好。

江夏连麦进去的时候,群语音里已经闹哄哄的,有个轻快的女声在讲笑话,接话的是个雄浑的大叔音,还有个年轻的声音在问:"大角,夏天来了没?来了没?"

一个干净的男生声音笑着答道:"老年,你是什么品牌的复读机?"接着又说,"啊,她来了。"

江夏戴着耳机,小声开口道:"大家新年好呀。"

"啊啊啊，甜妹啊甜妹！"被叫作"老年"的年轻人激动地握拳，"果然和大角说的一样！夏天妹妹，你的声音好甜啊！"

江夏警觉地问："谢冉说了我什么坏话？"

谢冉无奈地说："我只是跟他提过你的声音很可爱而已。"

江夏很快把群语音里的声音认了个全。

轻快的女声是论坛里的茄子老师；雄浑的大叔音是编辑老妖；年轻人的声音是年祈，一个文艺青年，大家都叫他老年；还有很少说话的诗人柳夏和悬疑小说家闻法师，最后是写科幻小说的"大角"谢冉。

群语音里吵吵闹闹的。

茄子和老妖一唱一和地给大家讲段子，年祈在旁边哦哦哦地激动配合，谢冉偶尔开一句玩笑，其他人就笑起来。

再后来，一群人开始玩故事接龙，一个人起头，剩下的人轮流接下去，拼拼凑凑产生了一个缠绵悱恻又惊悚恐怖的爱情故事。

茄子老师敲了敲桌子："别闹，群里还有未成年人。"

被点名的江夏摸了摸鼻子。

十二点，钟声敲响，新的一年又到了。群里的大家互相祝福，轮流说了几句吉祥话，又许了几个新年愿望，然后渐渐地散去了。

最后群语音里只剩下江夏和谢冉。

谢冉似乎陷在某种心绪里，微微有些走神，等到人都走空了他才察觉，挂在语音里的只剩下他和江夏，江夏是在陪他。

谢冉问江夏："高兴吗？"

江夏用力点头："嗯嗯！"

谢冉笑："高兴就好。"

江夏听见他那边有呼呼的风声，隐约还有玻璃瓶碰撞的声音，她愣了一下，问："你喝酒了吗？"

"一点点。"谢冉轻声说。

"不可以喝酒。"江夏严肃指出。

谢冉又笑："未成年才不可以喝酒，我已经是成年人了。"

"那你少喝一点，"江夏说，"我觉得你好像有点醉了。"

"嗯。"谢冉的声音很轻。

江夏不知道再说什么，她打算下线了，于是在下线之前说："新年快乐。"

"新年快乐。"谢冉说。

这时候，窗外烟花炸开。

江夏戴着白色耳机，把脸贴在玻璃上往外看，烟花的光芒映在她的眼瞳里,一闪一闪的。

"谢冉。"她忽然开口。

"嗯。"

"我说,"她继续说,"我们做个约定吧。"

"什么约定?"

"我想考到上海去。"

她望着窗外满天的烟火。

"如果我考到上海了,我们就见面吧。"

Chapter 02
夏天才刚刚开始

隔着一千五百公里，
同样的星光垂落在两人肩头。

　　江夏后来经常想，除夕那天谢冉是不是心情不好。

　　他这个人很麻烦，总是笑着，心情不好的时候也不会说，你必须留神观察。有时候上一刻还在说笑，下一刻就心情不好了，但很难让人看出来。

　　在江夏的记忆里，他的难过总是很突然。

　　有一次他们在聊社会新闻，聊着聊着就聊到死亡。谢冉忽然打字对江夏说。

　　大角：你看，我们是网上的朋友。

　　大角：要是有一天我死了，你也不会知道。

　　大角：你会以为我只是没有回你而已。

　　大角：要等到很久很久以后，你才会慢慢察觉，原来我已经不在了。

那天下午阳光很好，浮尘在室内的空气里飘浮，窗外满墙的爬山虎长势极好。

这些文字在屏幕上慢慢浮现的时候，江夏突然觉得很难过。

隔着一根网线和上千公里距离，她被一种庞大的悲伤攫住了。她知道那是谢冉的情绪，他的情绪沾染到她身上，还带着一点阳光的气味。

江夏低着头打字。

夏天：别这么想。

夏天：你不会死的。

文字聊天最大的坏处就是，永远无法看见对方的神情，只能从那些规整的方块字里，奋力解读那个人的语气和心情，可是很多时候也许全都是错的。

高三的寒假很短。

江夏在农历初五那天下午返校，开始了忙忙碌碌的下学期。

"距离高考还剩××天"的横幅每天都在换，黑板右边的作业栏越来越长，整个年级都陷入一种紧张的气氛里，连路过教室的野猫都轻手轻脚，怕打扰到紧张分分的高三生。

为了达成那个和谢冉见面的约定,江夏更加拼命地学习。

她把每天早上起床背书的时间提前到凌晨五点,每天晚上刷题结束的闹钟定在半夜一点,睡眠时间一天比一天短,午休也只眯二十分钟就起来写卷子。

谢冉也怕打扰到她,发来的短信都很简短,两个人发得最多的内容就是晚安。

每天半夜十二点钟的时候,江夏的屏幕就无声地亮起来。

大角:早点休息,晚安。

闹钟的指针嘀嗒嘀嗒地响,趴在桌子上整理错题的少女歪头看一眼亮起的屏幕,手指移过去摁了下回复键,然后继续咬着笔杆,认真计算着本子上的三角函数题。

凌晨一点的上海,出租屋里的年轻人靠坐在墙边敲键盘写作,身边的手机叮的一响,他低垂眼睫去看,亮起的屏幕光映在他安静的瞳仁里。

夏天:晚安。

隔着一千五百公里,同样的星光垂落在两人肩头。

一日复一日,南城的夏天很快到来。

高考结束以后,备战十个月的高三生在教学楼上撒了漫天的试卷，白色的纸张像鸽羽那样纷纷扬扬，教室里是东倒西歪的桌椅，黑板上还留着"距离高考还有1天"的红色粉笔字。

三年的兵荒马乱就这样结束了。

江夏抱着一只纸箱小步跳跃着回家，纸箱里是她三年来的课本和习题册。

她已经想好了，等高考成绩公布以后，她就把这些全部卖掉，说不定还能赚一大笔钱。

她得意扬扬地给谢冉发短信。

夏天：知识就是金钱。

夏天：保罗·琼斯诚不我欺。

大角：……

大角：今天你高考完，你说什么都对。

打开家门的时候江夏吃了一惊，总是空空荡荡的家里面居然有人。

母亲破天荒地做了满桌的饭菜，父亲西装革履，风尘仆仆，大约是提前从公司请假赶回来的。

一家三口围着桌子吃饭，母亲往江夏的饭碗里夹菜，父亲微微咳嗽一声，清了清嗓子，示意江夏抬头听他说话。

父亲说："恭喜我们小夏完成高考，马上就是成年人了。"

父亲接着说:"我和你妈妈商量好了,我们打算在下个月离婚。"

"这事其实早就已经决定了。"母亲在一旁温柔地微笑着,"我和你爸爸讨论过了,我们担心影响你学习,所以决定等你高考完以后再和你谈……"

父母的声音还在耳边响着,江夏却什么也听不清了。她一边低着头大口扒饭,一边嗯嗯地乖巧点头。最后,她放下碗站起来说有东西落在教室,要回教室去拿。说完,就抓起手机往门外走。

学校已经没什么人了,操场上空荡荡的,夕阳的光从天边落下来,在长排的台阶上洒满碎金般的光。

江夏坐在最高的那一级台阶上,抱着膝盖,把脸颊埋进臂弯里,肩膀一抽一抽地颤抖。手机的听筒贴在耳垂边,在回铃音中安静地等谢冉接电话。

电话那头,出租屋里的青年仰躺在地板上,望着天花板。铃声响起的时候,他微微侧过头,手指按了接听键,又按了免提键,女孩的声音在空旷的房间里响起。

他轻轻眨了下眼睛,怔住了。

"谢冉……"

听筒那边的女孩声音带着哭腔:"爸爸妈妈不要我了,我是被抛弃的小孩了……"

"我是被抛弃的小孩……"

黄昏的风呼呼地吹,掀起台阶上少女的白色校服。她的头发和衣摆在乱风中翩翩飞舞,好像风里旋转起舞的落叶。

"别哭,"谢冉轻声说,"难过的时候就唱歌。"

"可我不会唱歌。"听筒里的女孩哭得声音发闷。

谢冉坐起身,抓了抓头发,伸手把手机拿到耳边:"我教你唱。"

夏天的萤火都熄灭了,

星星在深夜里睡了,

路过的花也落了,

天又亮了,

……

那天的日落很长很长,南城夏天的风里有泥土和花的清香。

操场的台阶上站着一个穿白色校服的女孩,她踮着脚,在台阶上打旋,嘴里轻轻哼着歌,风把她的声音带到很远的地方。

同一时间的上海,老校区的出租屋里坐着一位穿白衬衫的青年,他身边的老式手机里传出女孩的歌声,回荡在空旷的四壁之间,婉转动听。

那时候夏天才刚刚开始,故事还远没有结束。

在江夏正式满十八岁之后,父母和平离婚了。

离婚手续办得很顺利,办理离婚的民政局和当年领结婚证的是同一个。因为是好聚好散,母亲甚至请了当年的摄影师,给一家三口拍了张纪念照。

照片上母亲笑得温柔,父亲西装革履,矮个子的江夏站在他们之间,顶着一头学生模样的短发,仿佛还是当年那个没长大的小女孩。

父母离婚以后,各自给了江夏一笔钱,从此她就是独立的成年人了。

高三毕业后的暑假很长,江夏花了些时间找了份暑期工,在城北的咖啡店负责打奶泡和拉花,等着高考成绩。

出分那天,江夏特别忐忑,在网吧里对着电脑屏幕坐立不安,一会儿抓头发,一会儿摇晃椅子。直到高考分数界面出来后,她猛吸一口气,又打开百度开始查历年分数线。最后,她打开QQ窗口,戳了戳那个亮着的暹罗猫猫头,噼里啪啦地打字。

夏天:我考到上海了!

大角：我请你吃饭。

江夏不爽地皱眉，对谢冉的态度很不满意。

夏天：你怎么那么淡定？

夏天：你不应该激动地恭喜我吗？

大角：我早就知道你会考上。

大角：你那么努力，怎么可能考不上。

大角：恭喜你。

江夏轻哼一声，抓起手机往网吧外面走。她靠在长满爬山虎的墙边，歪着头给谢冉打电话。风从那头吹过来，吹起她的发丝。

嘟嘟几声以后，电话接通了，听筒对面是男生带着笑的声音："喂，江夏同学。"

"不许喊我同学！"江夏哼哼，"我马上就是大学生了！"

"大学生也是同学。"谢冉笑，又换了郑重的口吻，"恭喜你，江夏同学，以后就是大学生了，准备报什么专业？"

"还没想好，"江夏挠挠头，"什么都不懂，也不想乱报。"

"你可以去论坛上发帖问问，你可是有一个团的免费辅导老师的。"谢冉说。

"我下个月初就去上海，"江夏接话，"记得请我吃饭。"

"那么早?"谢冉问。

"反正待在这儿也没事做,我这份临时工满一个月就结束了。"江夏伸了个懒腰,望天,"你要来车站接我哦。"

"我接你。"谢冉点头。

"到时候你可不要认错人了,"江夏说,"我是短头发,齐刘海。"

谢冉问:"你多高?"

"一米五八。"江夏多报了几厘米。

"我比你高二十厘米。"谢冉想了想说,"你在我面前绝对就像个七岁小孩。"

"滚!"江夏挂断电话。

她踩着阳光晃晃悠悠地回了家,扬起的发丝被明亮的光线勾勒成金色,晚归的鸽群呼啦啦地飞过头顶,在石砖铺成的路面上投落斑驳不一的影子。

江夏最后被录取到了新闻学院。

八月盛夏,她收到了烫金的录取通知书,包裹里面还附着一张学生卡,卡片上印着她的照片。照片上的女孩短头发,齐刘海,微微笑着,嘴角弯起,右边有一个很小的梨涡。

几天以后,她拖着一个超大号行李箱坐火车去了上海,行李箱里有她的白色毛绒玩具熊和她的书，几摞稿纸，一些衣服，两双球鞋，这就是她的全部家当。

中学时候住的老房子很快要被卖了，父母正在办理财产分割手续，以后她就没有家了。她带着她的全部家当，独自一人朝未来出发。

那个年代的绿皮火车还可以开窗，江夏坐在窗边吹着风，摇晃着双腿给谢冉发短信。

夏天：明天中午十二点到车站。

大角：好，我去接你。

夏天：你长什么样子？

大角：你觉得我长什么样子？

夏天：我觉得你长得像那个暹罗猫猫头。

大角：嗯？

夏天：等下，你别告诉我你长什么样子。

夏天：我们打个赌？

夏天：等到见面的时候，看看我能不能在人群里认出你来。

中午十二点，火车停靠在车站。

江夏拖着她的超大行李箱，挤在人群里往外走。

上海的夏天很热，阳光火辣辣地照在身上，有些晃眼。江夏一边把手架在额头上挡太阳，一边抬头往车站外面望。

栏杆边靠着一个年轻男生，穿着白色衬衫和卡其色裤子，松松垮垮地戴着耳机，白色耳机线从耳边垂下，陷进他的衬衫口袋里。一缕阳光恰好从上方落下，照得他整个人好像微微发亮。

江夏走过来的时候，男生似有所感地抬起头，摘下一只耳机。

"江夏同学，很高兴认识你。"

他歪头笑起来，喊她的名字。

这其实是一件很奇怪的事情。

明明是从未见过面的两个人，第一眼却可以认出彼此。

也许这个世界上就是有一种人，见到他的第一眼你就会认出他，你们还未谋面时就已经似曾相识，你们注定要跋山涉水地去相见，直到相逢的那一刹那，陌上花开、故人归来。

火车站外人潮涌动，列车轰隆隆地驶过铁轨，漫天漫地都是阳光。夏季的热风和浮尘里，江夏拖着行李箱站在谢冉面前，她微微仰起脸，抬头看了他一会儿，然后跳起来拍了一下他的脑袋。

谢冉："什么情况？"

"原来你真的有那么高，"江夏嘟囔，"我今天可是穿了增高鞋的。"

她不服气，伸手去比画两个人的身高差，谢冉抓了抓被拍乱的头发，隔着衣袖提起她的手腕，把她不安分的手按了下去。

两个人在阳光下面对面，谢冉低头打量了江夏一会儿，评价："你看起来好像是来度假的。"

面前的女孩踩着白色增高鞋，穿着淡紫色的棉麻布裙和白色小开衫，脖子上挂着一副太阳眼镜，金属链条晃荡着勾住她的脖子，衬得她的肩颈修长纤细。

这身打扮确实好像下一刻就要去海岛度假的。

"我本来就是来度假的！"江夏哼哼着戴上太阳眼镜，手指捏着眼镜边框往下压，露出一双漂亮的眼睛，"距开学还有一个月呢！"

谢冉无奈地笑了笑，很自然地接过她的行李箱，转身往地铁站走："送你去学校。"

两个人跟着人流往地铁站走，谢冉在服务窗口帮江夏买了张地铁卡，然后又带着她去搭乘四号线再转十号线。

周末的地铁上坐满了人，他们俩靠着门边站着，有一搭没一搭地聊天。

江夏和谢冉虽然是第一次见面，聊起天来却很轻松。刚开始还有点生涩，但很快就变得熟络起来。毕竟是在网上认识了好多年的朋友,见面时只有一见如故的感觉。

那些从前只会出现在对话框里的词句忽然变得生动起来,全部带上了语气和表情,想象中的那个人就这样出现在面前,他来了,仿佛应了她的心思。

"你好像比我想象的……"江夏托着下巴仰头看着谢冉,"要帅一点点。"

她把食指和拇指抵在一起捏了个缝:"就那么一点点。"

"不像暹罗猫吗?"谢冉笑。

"像的,"江夏认真地点点头,"气质像。"

她又问:"你笔名为什么叫大角?"接着她双手在脑袋顶上比了个角,"我还以为你脑袋上长了角。"

"我是什么外星人吗?"谢冉歪头想了想,"笔名叫这个是因为'冉'字和'角'字有点像,顺口就取了。"

"写科幻小说的说不定是外星人。"江夏踮踮脚,凑近观察,好像是研究什么新型生物的科学家。

地铁靠站的时候车身猛烈地摇晃了一下,踮着脚的江夏一个没站稳往前一扑,便一头撞进了谢冉的怀里。

空气里静了一刹。

江夏靠在谢冉的胸口轻轻眨眼。

他身上有阳光的气味和清洌好闻的薄荷香,在拥挤的人群里,他抬起的手臂恰好为她隔出一个小小的空间,这个场面简直就像少女漫画里描述的一样。

车身又摇晃了一下,列车停住了,上海话的女声播报在车厢里响起:"××站到了,开左边门,下车请注意安全。"

江夏捂着额头站直了,谢冉拉起她的超大号行李箱,两个人一前一后走出去。江夏转过头去看身边的谢冉,一下子察觉到他的耳尖居然有点红。

"哇!你居然会害羞!"江夏大声说道。

"你看错了。"谢冉低哼了一声,侧过脸不去看她。

两个人从地铁站出来,走路十分钟就到了学校。这个时间段是暑假,校园里没什么人,一路都是茂密的梧桐树,偶尔有骑自行车的学生经过,带起一阵细碎的风。

林荫道上,谢冉拉着一个行李箱,身边的女孩蹦蹦跳跳地走着,两个人的说笑声淹没在夏蝉的聒噪里,午后的时光无限漫长。

到了宿舍楼,谢冉站在树荫底下等,江夏跑去敲了敲宿管阿姨的玻璃窗。

玻璃嗒嗒响了几声,窗户呼啦一下拉开了,宿管阿姨推了推眼镜,眼神怀疑:"新生?"

江夏乖巧地点头:"阿姨好,我是大一新生,来办理入住手续。"

宿管阿姨又推了推眼镜，转头看了看墙上的日历，沉默片刻后说："今天是八月五日。"

江夏歪了歪头。

阿姨："九月一日开学。"

江夏眨眨眼睛。

阿姨温柔地微笑："现在还不能办理入住。"

然后她说："你八月二十日再来吧。"

阿姨拉上了窗户。

江夏对着她的超大号行李箱陷入了沉思，头顶上好像有一群小乌鸦飞过，在午后的阳光里嘎嘎乱叫。

片刻后，窗户玻璃又嗒嗒响了，宿管阿姨拉开窗户，外面的短发女孩探头进来，乖巧礼貌又带着点撒娇的语气，说："阿姨，求求您了。"

江夏哭诉："阿姨，我没有别的地方可去了……"

江夏抽抽鼻子："阿姨，如果不能入住宿舍，我就要流落街头了……"

江夏双手合十，做出祈祷状："阿姨……"

"行行行，"宿管阿姨在她的哀求中败下阵来，缓慢地扶了扶眼镜，低头从抽屉里翻出一沓表格，"把这几张表填了，入住手续可以提前办。一寸照片带了没有？"

"带了！谢谢阿姨！"江夏在云朵单肩包里翻翻找找，

摸出一个半透明的文件袋。

"入住手续可以提前办，"宿管阿姨打断她的激动情绪，"但是宿舍不可以提前入住。"

阿姨温和地指出："你可以先把不方便携带的大件行李放进去，"并且强调道，"宿舍是不可以住的哦。"

十分钟后，江夏略显沮丧地从宿管办公室出来，手里捏着一把崭新的钥匙和一张入住须知单。

"你可以先找家民宿住半个月，"谢冉一边提议，一边帮她提起行李箱往宿舍楼里走，"黄浦区那边有很多民宿，我还可以带你去逛逛。"

两个人正说着话往宿舍楼里走，那边宿管办公室的窗户呼啦一下又开了，宿管阿姨探身出来，眼镜片上反射着刺眼的太阳光。

"小姑娘哦，"阿姨说话带着柔和的上海口音，"开学以后男朋友不可以带进宿舍哦。"

"明白！阿姨！"江夏回头敬了个礼。

说完她才反应过来：哎？男朋友？

身边的谢冉格外平静地把行李箱提上楼梯，似乎什么都没有听见。

新生宿舍楼刚翻新过，粉刷好的墙面干干净净，宿舍里的桌椅床具都是全新的。一间宿舍四个人,上床下桌,布置得整整齐齐。

"我居然是全宿舍楼第一个到的!"江夏激动地握拳。

"因为没有别的笨蛋会提前一个月来学校报到。"谢冉友好地指出。

江夏哼了一声,命令谢冉把行李箱放倒在地板上。她一边拉开箱子拉链,一边抬头朝谢冉扬起下巴:"转过头去,不许看,箱子里有女生专属的东西。"

"比如超大号的毛绒玩具熊?"谢冉轻笑。

"谢冉同学,"江夏抱着玩具熊咬牙一字一顿道,"请你保持安静。"

一下午的时间过得很快。江夏蹲在打开的行李箱前收拾东西,谢冉倚靠在窗边望着外面草坪上的鸟雀。最后,江夏站起来拍了拍手:"完毕!"

"之后还要买床垫和蚊帐什么的,"她托着下巴想了会儿,"四件套之类的我也没有。"

"这些学校里都有卖的。"谢冉说,"你等开学了去宿舍管理处那边订就好了,也可以去跳蚤市场买学长学姐留下来的,有些二手货干净又便宜。"

"你怎么看起来对这里很熟悉的样子?"江夏眨眨眼。

"要是你早一年入学,我就是你学长了。"谢冉回答,

"我去年毕业的。"

"你居然没告诉我你是校友！"江夏有点吃惊，然后又掐指一算，"你只比我大三岁，怎么那么早毕业？"

"修够学分就毕业了。"

"几百个学分，你怎么修那么快？"江夏难以置信。

"还好吧，"谢冉随意地说，"一学期修十几门课就差不多了。"

"那毕业论文呢？"

"两三万字的毕业论文很难吗？"谢冉想了想，"你写一个短篇小说都十几万字了。"

"对哦。"江夏挠头。

说话的时候，两个人已经从宿舍里走出来。江夏把要带的行李塞进了一个帆布背包，谢冉顺手接过那个背包斜挎在身上，然后带着她在校园里散步。

"那栋楼前面的草坪上有很多人在晒太阳，经常有人在那里喂猫。"谢冉边走边介绍，"这边的教学楼是你平时要去上课的地方，后面有个小卖部，旁边的自动贩卖机可以买可乐。"

两个人停在自动贩卖机前，谢冉往里面投了几枚硬币，贩卖机轰轰地摇晃了一会儿，咣当咣当地滚出两罐冰可乐，他俯身下去拿。

已经是傍晚了,路灯的光落在他的发梢上,微微闪着光。他转过身,拉开易拉罐的拉环,把冒着气泡的可乐递给江夏。传递可乐时,两个人的手指有一刹那的触碰,各自不动声色地收回手。

"干杯!"江夏举起可乐,"庆祝我来上海的第一天。"

"干杯,"谢冉笑着说,"庆祝我们相见的第一面。"

两罐可乐在晚风中啪地碰出声音,响彻校园的寂静夏夜。

那天晚上他们在校外的拉面馆吃了晚饭,谢冉请客。晚饭后,谢冉送江夏搭乘地铁前往民宿。两个人并肩坐在车厢的长椅上,江夏撑着脑袋,开始无聊地打哈欠。

"要听歌吗?"谢冉问。

"嗯嗯!"江夏点头。

谢冉从口袋里拿出黑色的 MP3,插上白色的耳机线,然后分了一只耳机给江夏。两个人共用一条耳机线,耳机里放着好听的英文歌,江夏听着听着开始犯困。

列车轰隆隆地经过高架桥,一闪一闪的霓虹灯落在车厢里。谢冉微微侧过头,看见身边的女孩闭着眼睛慢慢歪过头来,最后轻轻靠在他的肩上。

他的指尖微微一动。

Chapter 03
我们去看星星吧

亮灯了,我们去看星星。

　　第二天早上,江夏顶着乱蓬蓬的短发从阁楼上下来的时候,谢冉已经等在楼下了。

　　"等一下!"江夏对着窗外大喊一声,抓着头发去洗漱。

　　昨天谢冉带着江夏找到了一家很便宜的民宿,就在田子坊附近的弄堂里。

　　江夏住的是一间很小的阁楼,房间小得只够一个人转身,下面是书桌,上面是床,上床还要爬梯子。房间虽然小,但是五脏俱全,而且性价比很高。

　　江夏站在超迷你的洗手台前,飞快地刷了牙,洗了脸,然后抓起挂在门后的云朵单肩包往外冲。

　　楼道外,谢冉靠在墙边,戴着一只白色耳机,正在低头看手机。

清晨的阳光从弄堂顶上垂落下来，穿过弯弯绕绕的老电线和晾衣竿，打在石砖地面上，是一圈一圈摇曳的光影。

风轻轻吹起他的衣角，谢冉在阳光里抬起头，笑道："江夏同学，你好慢。"然后拍了一下身旁自行车的后座，"上来，带你去吃小笼包。"

八月盛夏微风和煦，骑自行车的谢冉载着漂亮的女孩晃悠悠地穿过小巷，头顶上方是茂密如盖的梧桐树，一路上都是哗哗的风吹树叶声。

"这就是传说中的小笼包！"巨鹿路边的小店里，江夏满脸好奇地盯着面前盘子里的小小汤包。

"小心，有点烫。"谢冉叮嘱。

"你怎么不早说！"江夏已经一口把汤包咬进嘴里，被汤包里热腾腾的汤水烫得张牙舞爪。

"谁叫你这么着急。"谢冉叹口气，给她递纸巾。

两个人绕着景区转了一圈，又逛了淮海中路，中午吃了美式薯条和炸鸡翅，然后去马当路的咖啡店喝下午茶。

江夏踩着白色运动鞋蹦蹦跳跳，谢冉推着自行车在旁边走。江夏喜欢的东西都有些奇特，比如小巷里某个神秘的古董家具店，还有店门口那个咧着嘴笑得很诡异的小人雕塑。

"这是什么？"江夏透过玻璃橱窗往店里面看。

"应该是非洲多贡族的手工木雕。"谢冉在她身边弯腰瞥了一眼,"他们住在尼日尔河河湾处,没有文字,靠口述传递神话和部落文化。"

"你怎么知道?"江夏瞪大眼睛。

"店老板是雕塑艺术家,经常去西非旅行搜集灵感。"谢冉回答,"我认识他。"

"你真的对这里很熟悉啊。"江夏感叹。

"以前上学的时候经常出来逛。"谢冉说。

"说起来,"江夏转过脸看他,"我还没问你是学什么专业的。"

"外哲,"谢冉随意地回答,"学得不太好。"

"外哲……怪不得你喜欢的科幻作品都是《索拉里斯星》和《攻壳机动队》这种风格的。"江夏挠头,"为什么学哲学?"

"因为那时候有些问题想不明白,就学了哲学。"

"什么问题?"江夏捧脸,好奇状。

谢冉垂眸笑了下,忽然压低声音,故作深沉地说:"死亡问题。"

"死亡问题?"江夏眨眨眼。

"你知道海德格尔吧?"谢冉看了她一眼。

"我知道!"江夏举手,存在主义哲学家海德格尔在文艺青年中很流行。

"他有个犹太学生叫列维纳斯，"谢冉慢慢说道，"列维纳斯说，死亡是可经历的，真正的死亡其实不是自己的死亡，而是他人的死亡。"

他微微侧过脸去，仰头望着窗外的阳光。

"只有当身边的亲近之人死去的时候，你才会忽然明白……"他轻声说，"原来这就是死亡啊。"

说话的时候，两个人在甜品店里吃冰激凌，风卷起树叶从窗外哗哗地经过。谢冉坐在落地窗边，微微仰头，阳光无声地落在他的侧脸上。

他的神情安静又温柔，可是不知道为什么江夏却觉得有点悲伤。

"好了。"谢冉起身，低头又看了一眼手机，"晚上我们去外滩，有人请我们吃饭。"

"谁？"

"你昨晚没看群消息吧？"谢冉笑，"某人听到你来上海的消息，激动得连夜赶火车来了。"

"什么？"江夏茫然。

谢冉从黑色单肩包里取出笔记本电脑，打开屏幕，点进论坛那群人建的QQ群，然后把群消息记录推到江夏面前。

群里面有人刷屏。

大角：夏天到上海了。

老年：什么！我偶像夏天妹妹到上海了？！

老年：大角你怎么不提前告诉我？！

老年：你们两个见面居然不叫我？！

老年：等等我，这就去买火车票。

老年：等我！！！

"老年那家伙真的很崇拜你。"谢冉摇着头笑道，"他刚发短信跟我说他到车站了，晚上来找我们一起吃饭。"

到外滩的时候已经是日落时分，天边的霞光是灿烂的粉紫色，长街上人潮涌动，背着大小包的游客在观景台上拍照。

"我们去情人墙下面，"谢冉一边停好自行车一边说，"老年说他很快就到。"

外滩情人墙上种满了三色堇，猫脸的彩色小花在晚风中摇曳。谢冉靠在墙边低着头看手机，江夏站在他旁边探头探脑，好奇地四处张望。

突然咔嚓一声，闪光灯亮了一下。

一个清秀高瘦的年轻人背着一个超大的军绿色旅行包，脖子上挎着一台银色数码相机，双手举着相机对着江夏和谢冉拍了一张照片。

"老年？"谢冉听见声音抬起头。

年轻人举着相机，从人群那边挤过来，向谢冉招了招手，谢冉应了他一声，转头对江夏介绍说："他就是老年。"

年祈向江夏挥挥手，爽朗地笑起来露出牙齿，点头致意又鞠躬握手："夏天妹妹你好，我是群里的年祈，你知道的，你是我偶像来着，我超崇拜你。"

"有种追星成功的感觉……"他激动地搓搓手，举了一下相机，有些不好意思地笑，"抱歉，没打招呼就给你们拍了张照，主要是刚刚那个画面真的超级美！"

"你要是觉得冒犯，我这就删掉……"他又慌忙摆手。

"没事呀，"江夏跳过来，探头过去，自来熟地说，"让我看看？"

年祈打开显示屏，把相机递给她。老式数码相机的屏幕不太清晰，模糊的画面里是花墙下站着的两个人。女孩在摇曳的花下好奇地踮起脚，男生则微微转头，低垂的目光落在她身上。灿烂的霞光洒在他们身上，给整个画面镀上一层微金的光。

"好看！"江夏鼓掌，"老年，你的摄影水平很高！"

"那当然！"年祈激动地说道，"我可是学校摄影社的成员……来来来，我再给你们拍一张纪念照！"

他不由分说地推着谢冉站在江夏旁边，然后退了几步举起相机。

江夏乖巧地背手立在谢冉身边，微微踮起一点脚，摆出了标准的八颗牙齿灿烂微笑。

"大角，你也要笑一下！"年祈大声指挥，"对对对，就是这样！"

"大角，你再站过去一点，人太多了我拍不到！"年祈继续大声。

"大角，你稍微低一点头，往夏天妹妹那边看！"年祈更加大声，"对对对，就是这样！保持微笑！三、二、一，茄子！"

咔嚓一声，画面定格在外滩亮灯的那一瞬。

很多年以后，江夏在相册里翻出这张泛黄的老照片。照片上的女孩笑容灿烂，身边的男生略显无奈地笑着，安静温柔地看着她。四面八方是汹涌的人潮，花墙下的两个人并肩伫立，长街上的灯无声地亮着。

"亮灯了，"那时候谢冉对江夏说，"我们去看星星。"

外滩的看台上挤满了人。江夏趴在栏杆上往江面上看，谢冉微微抬起手，护住她的脑袋，一旁的年祈正在对着黄浦江咔嚓咔嚓拍照。

"城市的星星在地面上，"谢冉轻声说，"你看。"

"好漂亮！"江夏对着江面大喊，"这就是上海啊！"

江风从水面上浩荡地吹来，对面是璀璨林立的高楼，东方明珠在夜幕里熠熠生辉，四周是数不清的摩天大楼。

那一天，江夏觉得整个城市似乎向她倾倒过来，就像一个灿烂明亮的梦想。

"所以老年你也在上海读书啊？"西餐厅里，江夏一边切牛排一边问。

"研二，德文系。"年祈回答，"我是你们隔壁学校的。"

三个人在外滩逛了一圈，然后从外白渡桥下去吃西餐。年祈选了一家德国餐厅，江夏点了一份牛排和一杯苏打水，谢冉点了意大利面和冰菜沙拉，年祈点了一个超大的猪肘。

"这家伙听到你来上海以后连夜买了车票。"谢冉一边说话，一边帮江夏往苏打水里加冰块，微微摇晃了一下玻璃杯递给她，"本来他这学期没什么事，这个月不一定回上海。"

"我是来追星的！"年祈费力地切着猪肘，连讲话的声音都很响亮，"夏天妹妹果然就是我心目中的青春活力美少女小说家！"

"你讲话这么大声，让我很想把头埋到桌子底下去。"江夏左右瞅瞅，确定隔壁桌没有人在听。

"之后开学了遇到什么需要帮忙的都可以找我。"年祈继续切猪肘,"学校之间离得很近,有一条绿道,骑自行车二十分钟就到,我们几个学校的社团经常一起举办活动。"

"原来摄影社之间也会一起举办活动啊。"江夏感叹。

"他说的不是摄影社,而是马克思主义初学者小组。"谢冉随口补充道,"这家伙是个原教旨共产主义者,他们小组经常组织活动去探访工厂工人。"

"原来你不仅是文艺青年,还是热血青年哎。"江夏满脸崇拜地说道。

"其实我以前不是文艺青年啦。"年祈挠挠鼻子,"我本科是纯工科生,读文学作品都是几年前才开始的,不像你们俩从小读到大……开始读小说是因为我本科时候暗恋的外院学妹热爱文学,她很喜欢那个俄罗斯小说家陀思妥耶夫斯基。"

"'阿列克谢·费奥多罗维奇·卡拉马佐夫是我县一位地主费奥多尔·巴甫洛维奇·卡拉马佐夫的第三个儿子',"谢冉笑着补充,"《卡拉马佐夫兄弟》的第一句话,我记得老年足足用了三个星期才把它背下来。"

"这俄文名字取得实在是太长了!"年祈悲愤地拍案。

江夏扑哧一声笑了,捧着装冰块的苏打水玻璃杯,转头问谢冉:"你怎么对他的情史这么了解?"

"因为大角帮我代写过情书。"年祈啃着猪肘,含混不清地回答。

"情书还要人代写?"江夏眨了一下眼睛,"态度很不诚恳哎。"

"他暗恋的外院学妹是德文系的,"谢冉替年祈回答,"所以他的情书是用德文写的。"

"你还会德文?"江夏歪头看谢冉。

"专业需要,会一点点。"谢冉很随意地说,"学得不太好。"

江夏决定把八卦进行到底,继续问年祈:"那学妹你追到了没有?"

"没有。"年祈叹气。

"不过陀思妥耶夫斯基的书是真的好看!"他再次拍案,话锋一转,"所以后来我研究生跨考了文学专业。"

"真是一个千回百转的故事。"江夏深深慨叹,又严肃指出,"不过你学的是德文系,不是俄文系哎。"

"那是因为我们学校没有俄文系啊。"年祈长叹了口气,"不过我研究本雅明,本雅明的博士论文研究陀思妥耶夫斯基,四舍五入就算我研究过俄国文学了。"

"别听他胡说,"谢冉毫不留情地揭开真相,"他跨考德文系是因为他暗恋了三年的学妹去德国留学了。"

江夏喝了口苏打水,有点感慨:"真是……"

"一个百转千回的悲伤故事。"谢冉总结完毕，切换话题，转头对江夏说，"过段时间，群里的茄子和其他小伙伴也会来上海。"

"哎？为什么？"江夏眨眨眼睛看他。

"秘密，"谢冉轻轻笑了一下，"到时候你就知道了。"

江夏眨了下眼："什么秘密？"

"别卖关子！"谢冉不打算回答，反而让江夏更好奇了，她搁下手里的苏打水玻璃杯，双手托腮凑近他，"是什么秘密啊？"

谢冉望着她的眼睛笑着不说话。

江夏双手合十，做祈祷状："谢冉，告诉我呗……"

江夏语气诚恳："谢冉同学？"

江夏换了敬语："大角老师！"

谢冉轻笑出声，还是不说话。江夏伸手作势要去抓他，他一边笑一边往后躲开。江夏哼了一声，又转头去瞪年祈。

年祈举起双手表示无辜："我不知道什么秘密，这事大角也没跟我讲。"

"暂时不能说，因为事情还没定下来。"谢冉轻轻笑着，握住江夏的手，把桌上的苏打水放回她的手里，"等他们来上海了，会和你们说的。"

"神神秘秘的。"江夏小声嘟囔，低头喝苏打水。

三个人吃完西餐,在陆家嘴绿地散步,聊着俄国文学和德国文学。

谢冉很安静,只是笑着,偶尔插一句嘴。年祈和江夏聊得很欢快,一会儿点头,一会儿击掌。年祈激动起来还站在石阶上,切换着德文和中文高声朗诵歌德的《浮士德》。

盛夏,连晚风也是热的,悠悠地吹过草地。江夏和谢冉并肩坐在草地上,认真听年祈朗诵关于生命和灵魂的诗歌,风无声地流淌过他们的身边。

在听到那句著名的"请停留一下,你真美啊"的时候,江夏忽然有些莫名地失神。她悄悄侧过脸,看见身边的谢冉微微仰头,在明净的星光里闭上了眼睛。

她的指尖轻轻一颤,有一瞬间她很想去碰他的脸。

"你们不用送我回去啦。"散完步后,江夏站在地铁站口对两个男生说,"我坐地铁很快就到了,出地铁没几步路就是住的地方。"

她低头看了一眼手上的白色腕表,又抬头对谢冉说:"太晚了,你骑自行车回去还要好久。"

"你到了以后发短信跟我们说。"谢冉点头。

三个人互相道了别,约了第二天见面的地方,各自回各自的住处。江夏坐地铁,年祈搭公交,谢冉骑自行车回他的出租屋。

深夜的老小区里，门卫亭安静地亮着灯，墙边生长着青绿色的爬山虎，下面停放着成排的自行车，偶尔有猫从路灯下经过，留下一闪而过的影子。

谢冉给自行车上了锁，推开常年不关的老楼单元门上了楼，然后在六楼左边的入户门前停下来。

门吱呀一声开了，屋里的猫钻出来，蹭着他的裤脚。他摘下白色的耳机线，把钥匙和 MP3 一起放在玄关的托盘上，踩着袜子走到房间里。

拉开房门的时候，他突然跟跄了一下，身体微微摇晃，抬手用力按住脑袋，背抵在房间的墙壁上，微微地喘息着。

然后他慢慢地靠着墙壁坐下，低垂着头，无声地闭上眼睛。

星光从窗外倾泻而下，落在他的侧脸上，在睫毛下方投出颤动的影子。

另一边，小阁楼里的江夏已经洗漱完毕，换上毛绒熊睡衣，爬上梯子上了床，趴在枕头上低头用手机给谢冉发短信。

夏天：我已经准备睡觉啦，明天见。

夏天：早点休息，晚安。

她打着哈欠摁灭了灯。

同一时刻的出租屋里，谢冉安静地躺在地板上，闭着眼睛一动不动，圆脸的暹罗猫趴在他的胸口，轻轻地蹭着他的下巴。

他的手边，老式按键手机的屏幕亮了一下，又熄灭了。

"谢冉是迟到了吗？"

第二天早上，江夏踩着博物馆前的台阶上上下下，白色的棉麻布裙子在风里起落。年祈挎着相机赶过来的时候，她已经在那里等了很久。见到年祈的第一句话就是问谢冉。

"大角还没来？"年祈挠挠鼻子，"他一般都挺准时的。"

"他昨天没回我短信，"江夏低头看手机，"我以为他可能给你发了消息。"

"他没给我发消息。"年祈像拨浪鼓一样摇头，又问，"你给他打个电话？"

江夏点点头，在手机上按了拨号键，嘟嘟的回铃音响了很久，最后断掉了。

江夏抓抓头发，又拨了几次，谢冉始终没有接电话，她开始有些担心起来。

"我再打最后一次，"她说，"他再不接电话我们就直接去找他。"她又转过头问年祈，"你知道他住哪里吗？"

"知道知道，"年祈立刻说道，被江夏的语气弄得也有点紧张，"我去过的。"

江夏摁下了拨号键。

嘟嘟的声音响过几次,就在快要挂断的时候,对面终于接通了电话。

听筒那边的男生声音很轻,似乎带着点未睡醒的倦意:"江夏?"

"谢冉,你吓死我了。"江夏握着手机小步跳下台阶,"你昨天没回我短信,今天又一直不接电话。"

"抱歉,"听筒那边的谢冉轻声说道,"我睡过头了。"

"那我们等等你吗?"江夏转头望了眼博物馆门口,"现在还没开始排队,你过来也来得及。"

"我不过去了,"听筒那边的谢冉低咳了一声说,"我有点不舒服。"

"你是感冒了吗?"江夏把手机压在耳朵上,很仔细地去分辨他的声音。

"没有。"谢冉低声回了一句,"你们玩得开心,我想再睡一会儿。"

嘟嘟的声音再次响起,那边挂断了电话。

"我觉得他的态度很不礼貌,"年祈举起双手,"夏天妹妹,如果我是你,我就生气了。"

"算了,他听起来好像确实状态不太好。"江夏把手机静音后塞回云朵单肩包里,往博物馆的正门口方向走,"我们去看画展吧,那边已经在排队了。"

江夏和年祈排着长队挤在人群里,在博物馆看了一个特展和两个常设展,一路上有一搭没一搭地聊着工笔画和文人画的精神内涵差异。

整个过程里,江夏一直在走神,即便看到了赵孟頫的真迹也没什么反应,时不时低头看一眼手机屏幕,害怕错过任何一条短信。

但是谢冉始终没有回复消息。

"我说,要不我们下午去探望他好了?"年祈挠着鼻子,"夏天妹妹,你好像很担心大角的样子。"

说话的时候,江夏和年祈坐在美式西餐厅里,吃着炸薯条和牛油果汉堡,当江夏第三次把芥末酱抹到薯条上的时候,年祈终于忍不住了,主动提议下午去谢冉的住所探望一下。

"我早上给他发短信问,要不要去看看他,"江夏摊开手机给年祈看,"他没有回消息。"

"他这个人就是这样的。"年祈挠挠头,"我给他发短信、打电话经常不回的,这么多年来我都习惯了,你还没习惯吗?"

"他从来没有不接过我的电话。"江夏说。

"去他的,"年祈小声骂了一句,"原来那家伙跟我搞双标。每次我被晾了很久以后,他给的解释都是他在创作的时候从不看手机。"

"不过我们直接闯入他住的地方是不是不太好?"江夏想了想,说道。

"管他好不好呢。"年祈还在骂骂咧咧,"万一那家伙真出了什么事,我们总不能见死不救吧。"

年祈只是随口说说,江夏心里却担心得不行。她推开面前的餐盘站起来:"那我们走吧,他住哪里?"

谢冉住的地方在老小区,距离江夏和年祈的学校都不远。

小区很安静,周围住的大部分都是大学生和高校教职工。江夏和年祈匆忙赶到楼下时,年祈突然拍了一下脑袋说:"夏天妹妹,我们买点吃的带给他,我觉得那家伙有极大的可能没吃午饭。"

"我甚至怀疑,"年祈捏着下巴若有所思,"他是不是饿晕过去了。"

江夏点点头,弯腰进了水果店,"我记得他好像说过他喜欢吃苹果。"

在水果店买完一袋苹果之后,年祈又领着江夏去了一家面馆。年祈说谢冉很喜欢这家面馆的汤粉,有时候会连着吃一个星期。

他让老板把汤和粉条分开打包装好，这样他们到了谢冉家可以把汤热一下再给谢冉吃。谢冉住的地方有灶台，也有微波炉。

　　坐在店里的长椅上等待打包的时候，江夏和年祈各自低头看着手机。年祈的手机叮地响了一下，他点开短信看了一眼，突然站起来，显得有些局促和不好意思地抓了抓头发。

　　"我导师让我去找他一趟，聊开题报告的事情。"年祈望向江夏，"你一个人去找谢冉方便吗？"

　　"没关系呀，"江夏一边说着，一边跳起来去接打包好的汤粉，"你去忙就好了。"

　　"那我先走了！"年祈背上双肩包往门外走，又回头探进来说，"谢冉的住址我发到你手机上了，如果找不到可以打电话问我！"

　　年祈走了，江夏一只手提着塑料袋，一只手拿着手机，低头按照短信地址往谢冉住的地方走。

Chapter 04

你好像发烧了

风从她的头顶经过，
一吹就散了。

午后阳光正烈，落在她的头顶，把每一根发丝都晒成暖金色。她顶着热辣的太阳，迷了两次路，靠问路找到了正确的单元门，最后停在六楼的入户门前。

她犹豫了一下，把塑料袋放在地面上，拿出手机给谢冉打电话。

嘟嘟的回铃音响了几下，还是没有人接，提示音显示手机已经关机。

江夏真的有点担心了，她站在有些褪色的木门边，微微踮起脚，伸手去按高处那个落了灰的门铃。

手指还没碰到门铃，吱呀一声门开了，江夏一个没站稳，往前跌倒，撞上了门后的男生，被他伸手轻轻地接在怀里。

"江夏?"他轻声问,有些惊讶。

江夏从谢冉的怀里抬起头。

面前的男生歪着头,随意地套着件衬衫,头顶上搭着揉乱了的白色浴巾,发丝还在滴水。水珠从他的发梢落下来,滑进解开扣子的领口,露出清晰笔直的锁骨和颈线。

江夏啪的一下站直了。

"我隐约听见外面有人……"谢冉轻轻眨眼,似乎有些茫然,嗓音里还带着没睡醒的倦意,"你怎么……"

"你怎么不接电话?"江夏先发制人。

"我刚睡醒,"谢冉抓了抓头发,"然后去洗澡了。"

"你手机是关机的。"江夏指出,"一整天不接电话、不回消息很吓人的。"

"抱歉,"谢冉想了想,"手机大概是没电关机了,昨晚忘记充电了。"

"谢冉,你太过分了。"江夏有些恼火,"你昨晚不回短信,今天不接电话,早上说了句不舒服就挂我电话,一整天都没消息,手机还关机……"

她越说越生气:"吓得老年和我担心你出什么事,匆忙赶过来看你,怕你没吃午饭我们还去给你买了水果和面条……"

"过来的路上我迷了好几次路,还顶着超大的太阳……"

"结果你跟我说你刚刚睡醒……"

她说着说着莫名委屈起来,声音里居然带了点哭腔。她也说不上来为什么情绪那么激动,或许是失而复得的巨大落差感让她忍不住想哭,又或许是为某种可怕的预兆而感到后怕。

"我一个人提着这么多东西找过来的……"她指了一下门边的两个大塑料袋,大声抱怨,"超重的!"

然后低下头小声说:"有个瞬间我真的很害怕失去你……"面前的女孩低着头,整个身体都绷得很紧,纤薄的肩头微微地颤抖。

谢冉略微迟疑了一下,然后伸手轻轻抱了她一下,低声说:"别怕,我在。"

这个拥抱很轻,几乎难以察觉,只有很淡的一点水汽蹭过江夏的颊边,让她感觉到自己被安慰了。

"我刚刚是真的很担心你,"江夏闷着头说,"你是我唯一的、最好的朋友。"

"我知道,"谢冉轻声说,"对不起。"

阳光从窗外洒进来,落在他们身上,谢冉身上有干净的薄荷味,还有刚洗完澡的清新肥皂香气,安静无声地包裹着她。

她忽然感到更加委屈,在谢冉的怀里放声大哭。

孤身一人来到异乡的不安、两个月以来被父母抛下的失落和难过、面对陌生环境的忐忑不安,再加上一整天心情的起伏变化,这些压抑了很久的情绪一下子爆发出来。

谢冉有些手足无措,他任凭江夏把额头抵在他的胸口大哭,小心翼翼地抬手拍了拍她被太阳晒得发烫的头顶。

"我……"他低声说道,这时猫从房间里钻出来,跳到窗台上喵了一声。

这一声喵把两个人都吓了一跳。

大概是意识到这个拥抱有点暧昧,江夏猛地从谢冉的怀里钻出来,假装无事发生地抹了一下脸。

谢冉转身拿了几张抽纸递给她,她伸手去接的时候发现他的耳郭有点红。

"你害羞了!"江夏大声指出。

"没有。"谢冉面不改色地说道。

"可是你耳朵红了。"江夏毫不留情地戳穿。

"你脸红了。"谢冉立即反击道。

"可恶!"江夏败下阵来,若无其事地转过身,稍稍弯下腰去看窗台上的猫。

"猫哎!"她大喊,把脸凑过去和猫面对面,"是男孩子还是女孩子?"

"是小公猫。"谢冉一边回答一边提起门口的两个塑料袋,顺手关上了门,"他是暹罗猫。"

"暹罗这个品种的猫咪都好可爱,他叫什么名字?"江夏问。

"暹罗猫。"谢冉说。

江夏眨眨眼睛,没懂。

"他的名字叫,"谢冉一副冷酷脸,"'暹罗猫'。"

江夏扑哧一声没忍住笑,转头看谢冉:"大角老师,你的取名能力真是一流,你写小说的时候都是怎么给人物取名的?"

"掷骰子。"谢冉绷着脸转过头,不打算继续回答问题。

"掷骰子怎么取名字?"江夏笑弯了腰,不依不饶地追问。

谢冉假装没听见这个问题,把塑料袋放在厨房台面上,然后转身对江夏说:"直接穿袜子踩进来就可以。"

江夏蹲在下陷的玄关处把运动鞋脱下来,穿着白袜子轻轻踩在面前的木地板上。谢冉示意她直接进来,她牵起裙角往屋里探了个头。

"这么老的房子居然装了这么大的落地窗。"她有些惊讶地感叹。

谢冉的出租屋非常干净，屋内陈设也十分简单。从玄关进去以后是个很小的厨房，然后是客厅和两个房间。

客厅正对着落地窗，地面是一尘不染的木地板，墙边散乱着几摞稿纸和一台笔记本电脑，除此之外什么都没有，空旷得不可思议。

"房东在美国。"谢冉解释说，"这间房子本来是他的婚房，所以他装修得很用心。我住进来的时候承诺不会布置任何东西，所以他租给我的价格很便宜，一年交一次房租。"

"本来是婚房？"江夏举手提问，"那后来他没有结婚吗？"

"他太太因为车祸去世了。"谢冉轻声说。

江夏怔了一下，没说话。

风从这边的窗户吹进来，呼啦啦地吹起地面的稿纸，阳光从对面的落地窗外倾泻下来，在木地板上流淌出一片寂静的光影。

"谢冉，你不需要家具吗？"江夏背手站在谢冉身后轻轻踮脚，"那你都在哪里写小说？"

"地板上。"谢冉随口回答，他站在厨房台面前打开塑料袋，看见分装好的汤粉和红彤彤的苹果，微微怔了一下，"是给我的吗？"

"不然呢？"江夏跳到他身边，仰起脸看他，"你是不是没吃午饭？"

"你怎么知道？"谢冉轻轻眨眼。

"老年的怀疑果然是正确的。"江夏小声嘟囔，"从昨天晚上睡到今天下午……你这一觉睡得可真够久的。"

她忽然飞快地抬手碰了下谢冉的额头："你是不是发烧了？"

"没有。"谢冉稍稍低头，让她一只手摸他的额头，一只手摸自己的额头测体温。

阳光乱糟糟地涌进小厨房，灶台和洗手池上都镶着一层金边，圆脸的猫坐在窗台上好奇地探头看。

年轻男生在阳光里微微低下头，身边的女孩凑得很近很近，近到两个人都能感觉到彼此的呼吸，看见对方眼睛里倒映着的自己。

"你脸红了！"江夏忽然大声说，"这次是你害羞了！"

谢冉收回目光，无奈地叹了口气："你赢了，我害羞了。"

江夏扳回一局，得意地哼了一声，虽然这种谁先害羞的游戏很幼稚。

厨房里有一张很小的餐桌，上面铺着一块彩色格子桌布，谢冉坐在桌前低头吃着用微波炉加热好的汤粉。江夏坐在对面,撑着下巴看他,偶尔从水果盘里戳一块洗净切好的苹果放入嘴里品尝。

两个人有一搭没一搭地聊天,聊着聊着又开始互相揭短。

"你会做饭吗?"江夏问。

"不会。"谢冉答。

"那你平时吃什么?"江夏眨眨眼睛。

谢冉低头吃面不回答。

"你这个人真是……"江夏感叹,"难怪老年说你有时候连着一周吃街角的汤粉店。"

"所以,"她总结,"你不是因为喜欢吃,而是因为不会做饭啊。"

谢冉别过头不说话。

本局江夏胜。

"那你会做饭吗?"谢冉反问。

江夏哽住。

本局谢冉反胜。

"那你以前吃什么?"谢冉忽然问。

"校门口五块、十块钱的面包和饺子。"江夏漫不经心地答道,撑着下巴转头望向窗外,"家里又没有人给我做饭,所以长不高也不怪我嘛。"

谢冉静了一下，指尖微微动了一下，最后伸手过去揉了下她的头发。

"干什么？"江夏小声嚷嚷，"不要把手上的面汤沾到我头发上。"

嘴里这么说着，她却没有躲开谢冉的手，只是凝望着窗外流淌的风，感觉到有人轻轻地把手放在她的头发上，好像安抚一只不高兴的猫。

很多年后，回忆起这个下午，她还会把手轻轻放在自己的头顶，摸一摸自己的头发，回忆那个人掌心里的温度。

风从她的头顶经过，一吹就散了。

"有件礼物送给你，"接着谢冉说，"本来想等你开学了送到你宿舍的。"

"什么什么？"江夏抱起猫跟着他进了客厅，在木地板上乖巧坐好，满脸好奇地望过去，看见谢冉从房间里抱出一个纸盒子。

"是你很需要的东西。"谢冉坐在她对面，把纸盒子推过去，看了一眼她怀里的暹罗猫，"猫居然很听你的话。"

"平时不听话吗？"江夏揉了揉暹罗猫脖子上的毛，接过纸盒子开始拆。

"平时很怕生。"谢冉想了想说，"上次老年那家伙过来，猫趴在窗台上吼了他一下午。"

被提到名字的年祈在导师办公室打了个喷嚏。

"哇!"这时候江夏已经把纸盒拆开了,"是笔记本电脑!"

纸盒里放着一台崭新的笔记本电脑,颜色是很漂亮的银色,配了白色的鼠标和一把机械键盘,暹罗猫从江夏怀里跳下来,好奇地凑过去嗅了嗅气味。

"生日礼物、成年礼物,也是入学礼物,我想你很需要它。"谢冉说,"学校机房晚上会关门,你总不能深夜去校外网吧用电脑吧。"

他想了想,又补充道:"我挑了市面上最轻的款式,放在单肩包里也不重。"

"谢冉,你怎么这么好!"江夏捧着电脑,兴高采烈地望向谢冉,眼睛亮亮的,"我本来想用在咖啡店打工的钱来买电脑的……"

"不过你每次送我的礼物都好贵重……"她揉揉头发,又苦恼起来,"每次回礼我都要想好久……"

"别想那么多。"谢冉欠身把电源线递给她,"你试着用用看?"

"用它干点什么呢?"江夏抵着下巴想了会儿,"我们一起看电影吧?"

谢冉从房间里拉出两张懒人沙发靠在墙边,给江夏的新笔记本电脑插上网线和电源线,然后放在立起的小桌板上,旁边是一盘削好的苹果和两个装满牛奶的马克杯。

"看什么?"江夏问。

"《飞向太空》。"谢冉答。

江夏扑哧笑出声,窝在懒人沙发里摇着头看他:"1972年的老电影,谢冉,你的喜好真的很特别。"

谢冉面不改色地在电脑里调出电影。

电影改编自科幻小说《索拉里斯》,讲的是一位科学家前往外太空的太空站,然后在那里遇到了去世多年的妻子。在低沉的配乐和模糊的画面里,电影里的旁白用俄语低声说着:"看,我爱你……

"但是爱是一种我们能经历却无法解释的情感……

"你爱上那些你可能会失去的东西……"

摇摇晃晃的电影声中,江夏悄悄转过脸,忽然发觉身边的谢冉靠坐在墙边,低垂着头,安静地闭着眼睛,睡熟的猫蜷在他的手边。

"喂,"江夏轻轻喊他,"你睡着啦?"

他身旁是巨大的落地窗,阳光纷乱地落了一地,风卷起满街的梧桐树叶。

落地窗下,女孩侧过头,长久地注视着身边低头熟睡的男生,阳光把他的发梢晕染成好看的金色。

神使鬼差地,她探身凑过去,伸出手,轻轻碰到他的额头。

他慢慢睁开眼睛,一个措手不及的对视随之而来。

那个瞬间仿佛有风从他们的头顶流过,窗外的梧桐叶声放大无数倍,电影进行到片尾的落幕音乐,一帧一帧的俄文名字从屏幕上滑过。

谢冉微微抬起头,带着些初醒的倦意。面前的女孩一只手撑着木地板,在阳光里半跪坐着,俯身凑近。另一只手轻轻点在他的额头上,指尖带着一点淡淡的温暖。

"你好像……"她把掌心贴在他的额头,"真的发烧了。"

谢冉轻轻摇头,闭了下眼睛,想要起身时却被江夏按住。她把一只手放在谢冉的额头上,另一只手摸了摸自己的额头,微微皱起眉。

"我……"谢冉开口,怔了下。

面前的女孩突然低下头,飞快地和他碰了下额头。她的发丝轻轻掠过他的颊边,携带着一点微风和清新的果香味。她的鼻尖几乎抵着他的鼻梁,他的眼睫微微颤动,呼吸有一瞬间几乎中断。

"好烫,"江夏坐回去,点点头断言,"你肯定发烧了。你这里有没有体温计?"

谢冉摇了摇头，抓着头发慢慢站起身："我没事，快到傍晚了，我送你去地铁站。"

"你在发烧哎！"江夏被他无所谓的反应气到了，伸手扯住他的袖子拽起他往前走，"你去房间里再睡一会儿，我下楼去买体温计。"

谢冉还想再说什么，但江夏把他推进了房间，语气不容辩驳："好好休息，我回来的时候要检查。"

房间里很快安静下来。江夏从托盘上取了钥匙塞进背包里，蹲下去在玄关处换鞋时，突然犹豫了一下，又踩着袜子回到客厅。

客厅和卧室之间的门虚掩着，夕阳的光在地板上无声地拉出斜影。

江夏踮起脚从房门后探出头，看见房间里的谢冉斜躺在床上，稍稍偏着头，已经睡着了。白衬衫的扣子解开到锁骨下面，胡乱盖着的被子从微微起伏的胸口滑下，大半落在床边的地板上。

江夏无声地叹了口气，悄然推开房门，走到床边，轻手轻脚地把滑落到地板上的被子拉起来，轻轻盖在睡熟的谢冉身上。

然后掩上门，转身出去了。

傍晚的街区很热闹，路上都是出来觅食的高校学生。江夏靠问路找到了附近的药店，买了体温计和退热贴回来。推门的时候，暹罗猫钻出来蹭了蹭她的裙角。

"小暹罗，你家主人好点了吗？"江夏蹲下来摸了摸它圆圆的脑袋，然后起身去厨房，用烧水壶烧了点热水。接着，她拆开体温计的包装盒，走进房间去找谢冉。

房间里的谢冉睡得很安静，姿势和她离开的时候一样。江夏坐在床边，轻轻戳了戳他的额头叫醒他。他微微侧过脸，困倦地睁开眼，显得有些困惑和不解。

"测体温啦。"江夏歪着头笑着说，"谢冉，你这副样子让我感觉自己好像在哄小孩。"

谢冉顺从地接过体温计测量体温，江夏转身去厨房准备热水。过了十分钟，江夏端着装满热水的马克杯探头进了房门询问："怎么样？"

"还好。"谢冉轻描淡写地回答，手却把体温计往枕头底下藏。

"让我看看？"江夏把马克杯放在床头，伸手拿过体温计，对着阳光仔细读水银柱，"什么还好？谢冉，你烧到四十摄氏度了！"

"我感觉还好。"床上的男生倔强地转过头。

"喂？"江夏直接拨打电话，"老年，你聊完开题报告了吗？谢冉他发高烧了。"

谢冉闭上眼叹了口气。

"老年说他等会儿过来，我们陪你去医院。"江夏瞪了他一眼，坐在床边把马克杯拿起来，"你先喝点热水。"

谢冉从床上坐起来，靠在墙边低着头喝水。江夏拆开手边的包装袋，取出一个白色的退热贴，正要往他额头上贴，忽然愣了一下。

床上的谢冉微微垂着头，又一次睡着了，手里的马克杯斜斜地歪倒着。夕阳的光从窗外安静地洒进来，沿着他的侧脸勾勒出流畅好看的金色轮廓。

"谢冉？"江夏低声喊了一句。

谢冉没有回答。江夏轻轻叹了口气，伸手摸了摸他滚烫的脸颊，撕开白色的退热贴，小心地贴在他的额头上。

这时，门外响起了响亮的敲门声。

"大角？夏天？"年祈在门外喊道，"你们在吗？"

"来啦来啦！"江夏转身往门口跑，开门后指了指房间，"谢冉睡着了。"

"他烧得厉害吗？"年祈忧心忡忡地说，"我借了一辆三轮车过来，等会儿送他去附近的医院。"他又看了一眼墙上的钟，"这么晚了，你们吃饭了吗？"

"没呢，"江夏挠了挠头，"要不我下楼去打包点吃的？"

"那我们小区门口见。"年祈点点头,"小区里不许进三轮车,车停在南大门口。"

江夏在街边的小饭店里打包了一份白粥,到小区南门口的时候已经是暮色四合。年祈在三轮车边来回踱步,偶尔低头看一眼手机屏幕上的时间。

"我来啦!"江夏跳上三轮车,转头看了一眼身边睡着的谢冉,抬头对年祈说,"我们出发!"

到医院时已经晚上七点,门诊已经停了。江夏陪着谢冉坐在急诊的长椅上,年祈拿着谢冉的身份证和医保卡去挂号。两个人带着谢冉做了血常规,又陪他看了医生。最后,医生让谢冉去输液区挂水。

在等叫号的过程中,谢冉醒了。江夏坐在他身边,盯着他喝完白粥。大概是烧得有些迷糊,江夏说什么谢冉就做什么,温顺听话得过分。

"请 B3125 号到 3 号台就诊。"输液区的广播响起。

年祈捏着黄色的注射证挥挥手,江夏拉着谢冉的衣角,领着他往前走。

扎针的时候,江夏看着针头忽然觉得有点可怕,一只手轻轻遮住她的眼睛,谢冉在她耳边轻声说了句"别看"。

"被扎针的人反而去捂别人的眼睛。"扎针的护士调侃地笑了笑。

要输的液体有葡萄糖、氯化钠、注射用头孢等好几种药，林林总总的瓶子挂在头顶吊瓶架的钩子上，输液管弯弯绕绕地垂下来，连着坐在下方长椅上的谢冉的左手背。

年祈拿着缴费单去旁边的窗口排队领药，江夏坐在谢冉身边，抬头望着输液管里滴答作响的药水。

"江夏，"身边的男生歪头看了她一会儿，"你是不是还没吃晚饭？"

"没事，我不饿。"江夏摇摇头，"你睡一会儿吧，我看着你。"

"你快去吃饭，"谢冉轻轻叹了口气，"我又不是小孩。"

江夏确实有点饿了，她揉了揉头发站起来："那好吧，我去吃饭。"

江夏在医院外面找了家拉面馆，吃完饭回来的时候大概是八点钟。穿过往来的人流，走到输液区时，她发现长椅上的男生又低垂着头睡着了。

头顶白炽灯的光投在他身上，照得他睡熟的侧颜有些苍白。他微微歪着头，睡得很安静，左手搭在椅子扶手上，抽血的针口还贴着白色胶布。

输液的玻璃瓶已经空了，血液正顺着针头从输液管末端泛上来，江夏吓了一跳，连忙去喊护士。

"把他的手抬一下，"护士捏着输液管说，"看着点，滴空回血了。"

江夏碰了下谢冉的指尖，然后握着他的手腕让他抬起手。护士把输液管卷了几圈，让新的药水把回血冲回输液管内，输液管里的血色渐渐淡去。

药水又开始滴答滴答地往下落，江夏转头看着身边沉睡的人，伸手拨开他额前的碎发，低声抱怨："谢冉，你这个人怎么这样啊。"

睡梦里的人忽然很轻地颤了一下，身体一点一点地歪倒过来，轻轻地靠在她的身上。

他的呼吸有些凌乱，携带着几分高烧的热意，垂落的碎发蹭到她的耳垂，带着淡淡的薄荷清香。她眨了一下眼睛，下意识地接住他，微微偏过头去看他的脸庞，他的侧颜在灯光下挺拔而好看。

心脏不听使唤地狂跳，她连忙回过头，默不作声地让他靠在自己身上，静静地睡着。

墙上的时钟指针一圈一圈地转动，很快到了深夜，输液室里的人渐渐稀少，一束白炽灯的光寂静地照射下来。谢冉仍靠在江夏的肩头无声地沉睡，他们的影子在地板上拉得很长很长。

深夜十二点半，最后一瓶输液也完了，护士走过来拆下针头，让江夏按住谢冉手上贴着胶布的伤口。

江夏一边让谢冉靠着她睡觉，一边握着他的手，梗着脖子仰头盯着对面的白墙，神情如老僧入定，心跳却已经乱成了一群小青蛙。

Chapter 05

江夏，抓紧我

> 盛夏的风从身后涌来，
> 吹起她的发丝和衣角，
> 江夏在风里回过头。

这时候，年祈终于来了。

"我来了，我来了，我来了！"年祈抱着一个满满当当的塑料袋赶来，人还未到嗓门已先至，"我怕你们半夜饿着，又去买了点吃的，结果大晚上的没几家超市开门，一路上找死我了……哎，你们两个？"

心虚的江夏一下把谢冉推开，大概是动作幅度太大，谢冉迷迷糊糊地醒了。

"我睡着了吗？"他困倦地问。

"你没有。"江夏咬牙切齿地说着反话。

"哎，都十二点了。"年祈一边往这走一边从塑料袋里掏东西，"夏天妹妹，你要吃点什么不？现在这个时间点地铁都停运了,我送你回去吧。"

"不用不用,我搭公交就可以了。"江夏站起来摆手,"我看过了,医院附近有直达公交车。"

"那我走啦!"她拎起单肩包就往外走,连看都不看谢冉一眼。

年祈看着她的背影挠挠鼻子,低头问还在迷糊中的好友:"大角,你是对她做什么了吗?她好像突然不搭理你了。"

谢冉没说话,他垂着头又睡着了,年祈茫然地发了会儿呆,把好友拖起来拉着他往外走。

两个人搭着三轮车回到小区,年祈架着高烧的谢冉上了六楼,掏出钥匙开了门,暹罗猫听见声响钻了出来,一遍遍地蹭着主人的裤脚。

谢冉躺倒在床上又开始昏睡,猫趴在他的胸口打呼噜。年祈从塑料袋里拿出医生开的退烧药和消炎药,找到一个装药的抽屉,打算把新开的药放进去。突然他愣了一下,盯着那个装药的抽屉。

"谢冉,"年祈低声问,"你房间里为什么有这么多止痛药?"

城市的另一边,深夜时分,江夏从公交车上跳下来,对司机道了声谢，挎着云朵单肩包，回到弄堂里的小阁楼。

一盏台灯在书桌上静静地亮着，窗外微凉的夜风吹进来。江夏碰了碰自己的脸颊，感觉乱糟糟的心跳已经平复下来，然后推门走到超迷你的洗手台前刷牙。

洗漱完毕，她爬梯子上了床，打着哈欠趴在枕头上，低头用手机给谢冉发短信。

夏天：你退烧了吗？我准备睡觉了，晚安。

她猜测谢冉大概率已经睡着了，没指望收到他的回信，没想到手机很快叮的一声，一条新的短信出现在收件箱。

大角：他睡着了。

江夏眨眨眼，愣了一下，紧接着新的短信又进来了。

大角：我是年祈，他烧退了些，已经睡了，不用担心他。他让我转告你晚安。

江夏低着头看了一会儿这条短信，把手机塞到床边的小篮子里，伸手摁灭灯，打着哈欠睡着了。

而此刻，谢冉的出租屋内还亮着灯，那个装药的抽屉里除了止痛药，还放着一些成分复杂的药，许多药的包装盒都拆开了，乱七八糟地堆在抽屉里。

年祈低声问谢冉："这些药是什么？"

"别问了。"谢冉轻声回答，他仰躺在床上看着天花板，"不要告诉任何人。"

年祈静了一会儿,等他回过头想说些什么时,床上的男生闭着眼睛,似乎已经睡着了。

第二天早上,江夏起床后等了很久,直到她觉得谢冉应该醒了,才拿起手机给他打电话。

铃声响了一会儿,电话接通了,那边传来男生略显朦胧的声音,带着些许倦意,似乎刚刚醒来:"江夏?"

"你感觉怎么样了?"江夏问。

"好多了。"电话那头的男生含糊地回答,他的声音有些小,可能是手机开了免提放在身边。

"我过来看看你?"江夏伸手去拿挂钩上的单肩包,"听你的声音好像还在发烧。"

"哪有听声音判断别人发烧的。"谢冉轻笑起来,这次的声音变得清晰,像是把话筒贴在唇边低声说话。江夏握着手机放在耳侧,几乎可以听见他很浅的鼻息。

"你在上海好好玩,有想去的地方可以喊老年带你。"谢冉又说,"抱歉,我这几天没法陪你了。"

"好吧。"江夏把单肩包又放下,"那等你好了再陪我玩,你要好好照顾自己。"

"好。"谢冉笑了笑,"谢谢你昨天照顾我。"

"别说谢谢,"江夏轻哼着,"我们两个之间不用说谢谢。"

"好，"听筒那边的男生微微点头，"以后不说了。"

"江夏，"挂断电话前，他忽然又低声说了句，"这些天我可能不会回你短信……别担心。"

"为什么不会回我短信？"江夏有些不高兴。

"别不高兴。"谢冉轻轻笑了笑，歪头想了想，"假如我没有回你短信的话……你要记得我只是睡着了。"

"好吧，"江夏哼了一声，"那你好好睡吧。"

"但是谢冉，"她又说，"别睡太久。"

"好。"听筒那边的男生笑着应了她，挂断了电话。

江夏趴在书桌上听了一会儿嘟嘟的铃声，把手机塞到单肩包里，然后打开桌上崭新的笔记本电脑，开始写日记并记录一些最近的灵感。

等合上电脑的时候已经是正午了，江夏背起单肩包下楼，找到了上次谢冉带她去的小饭店，在那里吃了蟹黄面和汤包。下午她又一个人去逛了新天地和淮海中路。

傍晚的淮海中路人流汹涌，满街的华灯溢彩。

江夏坐在路边的咖啡馆里打开电脑，听着喧嚣的车流声敲击键盘，日落后的天空是深蓝色的，温柔而庞大地笼罩了城市。

时间就这么嗖嗖地过去，谢冉再也没有回过短信。

夜深人静的时候，江夏穿着毛绒熊睡衣坐在书桌前对着电脑打字，偶尔会点一下右边的 QQ 浮窗，盯着聊天好友的界面看一会儿。

那个暹罗猫猫头的头像始终是灰色的。

日子很快来到了八月二十日，江夏向民宿老板退了房，准备回学校宿舍住。

她把收拾好的衣物和电脑都塞进帆布背包，一边挎着单肩包，一边背着帆布包往楼下走。

出弄堂的时候手机铃声响了，年祈给她打了个电话："夏天妹妹，开学了你应该要买很多东西，要不要我去帮你搬东西？"

江夏犹豫了一下，开口说道："可是我比较想找谢冉帮忙哎。"

"重色轻友。"年祈小声骂骂咧咧，"为什么所有漂亮学妹都喜欢大角那种类型的？他上学的时候天天收到情书，我站他身边还比他高一点却没有人看看我！"

"因为谢冉这个人非常绅士、温柔啊，"江夏哼哼，"和他走在路上时，他都会把女孩子护在马路内侧。"

"而老年你，"她严肃地指出，"你只会把我挤到外边去。"

"原来是这样。"年祈恍然大悟，"学到了，怪不得我和暗恋的外院学妹去散步时，她总是悄悄转头看我，原来是希望我把她护到马路内侧啊……"

"其实我是瞎说的。"江夏突然小声道，"我就是想见谢冉了，他已经两个星期没回我消息了，你知道他到底是什么情况吗？"

"啊……他什么情况啊？"年祈挠挠头又摸摸鼻子，声音绕了好几个弯，七拐八拐，最后终于回答，"你这些天没给他打电话吗？"

"没有。"这时候江夏已经站在马路边等公交车，她仰着头看了看时刻表，"我给他发晚安短信，他都没回。我猜他是生病了，不舒服，不爱看手机，就没给他打电话。"

"你过一会儿给他打个电话试试？"年祈抓了抓后脑勺说，"我记得他跟我提过一句，这会儿应该快离开医院了。"

江夏点点头，和年祈又聊了几句，挂断了电话。

这时候，公交车停在江夏面前，她投币上了车，坐在窗边，听着满街被风吹动的梧桐叶响，想了一会儿，终于翻出手机，给谢冉打了通电话。

让她感到意外的是，这次电话很快就接通了。

听筒对面的男生声音很轻快，带着点笑意，叫着她的名字："江夏？"

"谢冉，你终于出现了。"江夏摇晃着双腿低声哼哼，

"太过分了,这么久都不联系我,你病好了吗?"

"嗯。"听筒那边的男生笑着,"其实你可以打电话的,我听到你的电话就一定会接。"

"那短信就不回吗?"江夏小声抱怨,"我可是每晚都给你发短信的。"

"抱歉。"谢冉低声道歉,停顿了一下,解释,"因为不太舒服……"

"算啦,原谅你啦,"江夏对着手机听筒小声打断他,"看在你生病的份上。"

两个人又说了一会儿话,江夏跟谢冉讲起这些天她在上海去过的地方、遇到的有趣的人和事,以及一些写作方面的想法,谢冉认真地听,偶尔笑着评价几句。

公交车很快到站,车门旋转着打开,江夏没有直接坐车去学校,而是去了距学校一站路的商厦,她打算一口气把需要用的东西都买好直接带回宿舍。

"我要挂电话啦。"她一边对着手机说话,一边背起包,踩着台阶跳下公交车。

"你到站了吗?"电话里的谢冉问。

江夏点点头,还没说话,谢冉忽然轻声笑了一下,男生的嗓音干净又好听,尾音带着些笑意,同时在她的耳边和身后响起。

"江夏，回头。"谢冉说。

盛夏的风从身后涌来，吹起她的发丝和衣角，江夏在风中回过头。

穿着白衬衫的谢冉站在阳光里，笑着看她。尘埃和热风微微浮动在他的周身，阳光把他的每一根发丝都照得明亮，仿佛闪光。

他一只手摘下白色耳机，歪着头看过来，风轻轻地拂动他的发梢："好久不见。"

"谢冉，你吓我一跳！"江夏蹦跳几步停在他面前，仰起脸看了他一会儿，"你怎么在这里啊？"

"我来帮你搬东西啊。"谢冉很自然地拎起她的帆布包，单手松松地斜挎在肩上，轻轻笑起来，"老年跟我说你比较想找我帮忙。"

"哇，他真是什么都跟你说。"江夏哼了声，"我那么说只是找借口探听一下你的病情。"

她踮起脚凑近他的脸，仔细地看了看他的神色："你真的好了吗？"

"嗯。"谢冉点头，任她看了一会儿，然后伸手轻轻拽了下她的单肩包带子，领着她转了个身往前走，"老年开着他借的三轮车来了，我们一起帮你搬东西。"

江夏低头看见他手背上针扎过的痕迹，微微抿了下唇没说话，心脏却轻轻疼了一下。

"我来了！我来了！我来了！"这时候，年祈踩着三轮车从马路那边过来，"你们两个都上车，我们去开学大采购！"

江夏从单肩包里摸出一份清单，上面写满了住宿需要买的东西。年祈抓着车把手坐在最前面，后面是面对面坐着的谢冉和江夏，三轮车在午后的阳光里晃晃荡荡地出发了。

采购结束的时候已经是黄昏，临近开学，校园里人流如织，自行车在林荫道上穿梭而过，夕阳的光把教学楼的影子投在长长的石子路上。

年祈去停三轮车，谢冉帮江夏搬东西。他挎着帆布包，一只手提着蚊帐和四件套，一只手拎着塑料桶。江夏则抱着床垫，乖巧地跟在他身后。

这个时间还没正式开学，宿舍楼可以随意出入。很多新生家长在帮孩子搬运东西，楼里楼外一片热闹的人声。

谢冉帮江夏把东西搬上了五楼。江夏站在宿舍门口停下来，没让谢冉再往里进，因为接下来的事情，她可以自己搞定。

"真的不用我帮忙吗？"谢冉一边说话一边把东西放下。

"我自己可以啦。"江夏回头笑了一下，"宿舍里都是女孩子，你不方便进去的。"

"那我先走了。"谢冉点头，"你收拾好以后打电话给我，老年说带我们去他学校的食堂吃晚饭。"

他笑着补了一句："比我们学校食堂好吃。"

谢冉走了，江夏站在门口停了一会儿，从单肩包里摸出钥匙。宿舍里面已经有隐约的声音，似乎是两个女孩在说话。

江夏把钥匙插进锁孔，推门进去。

宿舍里有些凌乱，地上堆放着各种杂物，还有几个打开的行李箱，看样子主人的东西只收拾了一半。

两个女孩正靠在宿舍的窗边聊天，听见开门声同时回头看过来。

"呀，是新室友啊？"

其中一个女孩绕过地板上的行李箱走过来，荷叶边长裙，白凉鞋，一头微卷的长发，一缕发丝挑染成金色，眯着眼睛笑着从头到脚打量了一下江夏。

"刚刚陪你上来的是你男朋友吗？"她探身往门外看了一眼，却没有看到男生的身影。

"啊，不是，"江夏抓了抓头发，"是朋友。"

"我叫严玉，新闻学系。"女孩微笑了一下，回头指了指另一个女孩,"她是施洁,中文系的。"

戴眼镜的短发女孩站在她身后,有些腼腆地朝江夏点了点头。

江夏点点头,刚要自我介绍,严玉打断了她,指了指门边的行李箱:"我知道你叫江夏,我看见你行李牌上的名字了。"

江夏微微愣了一下,往门边看,才发现自己上次来宿舍时放在床架下的行李箱被人移了位置,挪到了靠近宿舍门的墙边,她放在窗边书桌上的袋子也被人胡乱地堆放到了地板上,里面的书页也被弄皱了。

"我觉得你人还没来就占着最好的床位不太好哦,"严玉微笑着说,"所以我把你的东西挪开了。我觉得我们还是应该讲究先来后到,对吧?"

她指了一下靠窗的两个床位,说道:"这两个床位已经有人了,你可以选靠门的床位哦。"

江夏抓了一下头发没说话,把行李搬到靠门的床架下。

她低头收拾东西的时候,严玉又走过来站在她身后,偏头看了一会儿她的行李箱,柔和地笑道:"江夏,我们会成为好朋友的,对吧?"

江夏收拾东西的手顿了一下,转头笑了笑说道:"我们是一个系的,试着多相处吧。"

"好呀好呀。"严玉轻轻拍手笑道,"我们专业课都差不多,之后上课还可以互相帮忙占座位。"

她眨眨眼睛说道:"你会帮我占座位,对吧?"

"如果去得早就顺便吧。"江夏随口答道。

"喏,这个小零食送你。"

严玉转身从书桌上拿了一块巧克力塞到江夏手里,弯腰的时候拨了下颊边的碎发,看似漫不经心地说:"还有件事,之后宿舍要选宿舍长,你不介意选我吧?"

"不介意啊。"江夏低头看了一眼巧克力,"谢谢你送的零食。"

严玉满意地点点头,回到自己的床位后,也开始整理自己的物品。

宿舍内没有人再说话,只有窸窸窣窣收拾行李的声音。

直到天色渐晚,宿舍里的三个女孩都铺好了床。严玉从书桌前探头出来说:"江夏,我们等会儿一起吃晚饭吧,我跟施洁已经约好了一起去校外吃。"

她偏着头露出一个清纯无邪的微笑:"我们室友一起增进感情呀。"

"啊,对不起。"江夏有些抱歉地笑了笑,"晚饭我和别人已经约好了,今天没法和你们一起吃,下次我再跟你们一起吧。"

"这样啊,"严玉笑笑,"那你快去吧。"

"那我先走啦。"江夏抓起桌上的云朵单肩包,出门后轻轻带上了门。

门后的严玉收起了笑容,抬手拨了拨颊边的一缕发丝。

"新室友怎么样?"食堂里,年祈端着一个大托盘坐下来,托盘上放着一大碗麻辣香锅,满满一碗食物透出油炸过的金黄,散发着诱人的香气。

"有一个室友好像不是很好相处。"江夏双手撑着下巴叹了口气,"一见面她就送了我一块过期巧克力。"

"过期巧克力?"年祈挠头,"是不小心放过期了吗?"

"我也不知道。"江夏揉了揉头发,"算了,别想太多,先努力好好相处试试看。"

"老年,"这时候,坐在江夏身边的谢冉盯着托盘上的麻辣香锅,低声问,"你点了辣的吗?"

年祈沉默了一下:"麻辣香锅你还要吃不辣的吗?"

他缓缓地说:"你知道它为什么叫麻辣香锅吗?"

"因为,"他顿了下,"它是辣的啊!"

谢冉偏过头没说话。

江夏歪头看了看谢冉:"你居然不能吃辣?"

"能。"谢冉冷静地说。

江夏扑哧一声笑了,夹了一筷子递到他面前,支起下巴抬头看他:"你尝一口给我看?"

谢冉无奈地叹了口气,十分配合地吃了一口。

"辣吗?"江夏眨眨眼睛。

"还好。"谢冉面不改色。

说完以后,他冷静地端起桌上的酸梅汁低头喝完,这一举动让一旁的江夏和年祈笑得停不下来。

"谢冉,原来你的弱点是怕吃辣。"江夏一边笑一边把桌上的蔬菜汤推到他面前,双手托腮看了他一会儿,"好了,不强迫你啦,你吃这个不辣的吧。"

谢冉看着她笑得弯弯的眉眼,也低头轻轻笑了一下:"好。"

三个人就这么愉快地吃着晚饭。其间,年祈说了很多两所学校的趣闻轶事,谢冉也趁机给了江夏一些选课的小技巧,并给她推荐了几门适合她的公选课。

晚饭后,年祈回了研究生宿舍,谢冉送江夏回了隔壁校区。

两个人肩并肩走过一段林荫道,来到了校门口的自行车区。谢冉推着自行车从停车区走出来,江夏轻轻一跳,侧坐在他的后车座上。

八月末,夏夜的风微凉,从前方涌过,吹起他们的衣角。

两个人离得很近，江夏坐在谢冉身后，微微抬头，周围的栀子花香混合着谢冉身上的薄荷香掠过她的鼻尖。

"抓紧，"谢冉说，"前面的石子路有点颠簸。"

江夏点点头，双手却不知道该往哪里抓，在自行车后座附近低头摸索着，试图找到一个可以抓的地方。

正当她犹豫不决时，谢冉似乎察觉到她的动作，很轻地说了句什么。

下一刻，风把他的声音带到她的耳侧。

"江夏，抓紧我。"谢冉轻声说。

这句话轻得几乎听不见，在说出口的一瞬间他就后悔了，可是江夏听见了。

自行车上的男生踩动脚踏板的时候，后面的女孩小心翼翼地伸出手，轻轻地从背后环住了他。

两个人同时轻颤了一下。

灼热的夏夜里，蝉声和风声都无比聒噪，漫长的道路上，梧桐树叶哗哗作响。在那个不经意的拥抱里，两个人都安静地不说话，只有风在他们身边流动。

那个夏天的校园里，谢冉载着江夏骑着自行车穿过长长的林荫道，江夏的白色裙角在晚风中微微上扬。

很多年以后，江夏再次想起学生时代，回忆中的画面像是斑驳的老电影,镜头摇摇晃晃,很多东西都模糊了,就像记忆本身。然而,男生身上淡淡的薄荷味和那天的栀子花香,似乎在空气中永远也不会消散。

自行车在林荫道上穿行而过,拐过弯停在宿舍楼下,江夏从后座上跳下来,理了理裙摆,从车筐里取出单肩包,抱在怀里,对谢冉点了点头。

谢冉站在自行车边,一只手搭着车把手,微微低头对她说:"开学以后会有百团大战,意思是各大社团招新抢人,想好报名什么社团了吗?"

"我想想看……"江夏抵着下巴想了一下,"学生会新闻部吧?毕竟我是学新闻的嘛。"

"听说学生会面试还挺难的。"谢冉认真叮嘱,"你要好好准备,应该会筛好几轮,有笔试也有面试,群面和单面都有可能,最后的环节大概是你的直系学长、学姐面试你。"

"你说得我都紧张起来了,"江夏抓抓头发,"我从来没参加过什么正式面试。"

"别紧张,倒也没有那么可怕,好好准备就行。"谢冉轻笑一下,又说,"另外还有一件事,还记得上次你非要打听的那个秘密吗?"

"茄子老师他们要来上海那件事?"江夏眨眨眼,"你终于要告诉我啦?"

"国庆假期他们来上海。"谢冉点头,"到时候一起吃饭,具体的事情到时候会跟你讲,你记得把时间留出来。"

"知道啦。"江夏应了他,低头看了一眼手上的腕表,伸手轻轻推了他一下,"好晚了,你快回去。"

两人在宿舍楼下道了别,江夏从单肩包里摸出校卡,刷开大门进了宿舍楼。

谢冉站在自行车边微微抬头,安静地注视着宿舍楼梯的灯一层一层地点亮又熄灭,直到女孩的背影在楼道转角处消失不见。

Chapter 06
我们的秘密基地

那个夏末的夜晚，
蝉声没完没了，光阴无穷无尽。

"八卦八卦！"宿舍门推开的时候，一个清脆的女孩声音响起，"江夏江夏，送你回来的那个帅哥，是不是你男朋友？"

江夏愣了一下，看见一个扎高马尾的女孩正对着她大幅度挥手。

女孩穿了一件宽大的运动白T恤，边说话边蹦跳到江夏面前，兴高采烈地跟她握手："忘记自我介绍了，我叫许佳允，广告学系。"

"你叫江夏。"她自顾自地点点头，回头指了指宿舍里的另外两个女孩，"我来宿舍的时候，她们两个跟我说了。"

不等江夏答话，她又开朗地笑起来，朝江夏眨眨眼睛："我们三个刚刚在窗边看见有个很帅的男生送你回宿舍，快说快说，你是不是我们宿舍第一个脱单的？"

"我们三个都还没有脱单呢。"已经上床的严玉掀开蚊帐往江夏那边淡淡瞥了一眼，接着又笑眯眯地柔声补充，"江夏，你是我们之中最有希望脱单的哦。"

"是朋友啦，"江夏抓着头发笑了笑，一边把单肩包放在座位上，"不是男朋友。"

"真不是男朋友？"许佳允狡黠地眯了下眼，"我们刚刚看见他在楼下一直等到你不见了才离开哎！"

"不是啦。"江夏摇着头笑。

"那他是不是喜欢你？"许佳允追着八卦跑。

"他是很好的朋友。"江夏笑着推开她，一边说话一边打开柜门，"很小的时候认识的，认识他那年我才十四岁，我们是很多年的好朋友。"

"你是不是喜欢他？"许佳允贼兮兮地笑。

"哪有啦，"江夏轻轻摁了一下她的肩，"别乱猜。"

"但是江夏，"书桌前的施洁从一本书后面探出头，笑着说，"提到他的时候，你眼睛里满是笑意。"

江夏微怔了一下，伸手碰了碰自己的眼睫。她忽然又想起，微凉的夏夜里，那个过分安静的拥抱。

她心底很轻地跳了一下。

九月一日，正式开学。

整个九月里，江夏忙得团团转。

新生周、选课、社团，以及汹汹来袭的各种专业课，弄得她有些手忙脚乱。月末，她通过了学生会新闻部的面试，跟着大三学姐一起负责校报，还参与了几场大二军训的集体采访。

采访稿的截止日期在十一假期前。

她白天下课后戴着耳机在图书馆听采访录音，等到图书馆关门以后才回到宿舍里，在床上开一盏小灯，埋头在蚊帐里写稿子。

临近国庆假期，三个室友都收拾行李准备回家或者旅游，她还在宿舍里奋笔疾书。

九月三十日的夜晚，宿舍里渐渐安静下来，其他人都离开了，只有她书桌上的一盏灯还在静静亮着。

她在键盘上敲下最后几个字，检查完一遍全文，把采访稿以邮件的形式发送给了学姐。

这时候，她搁在书架上的手机铃声突然响了起来。

江夏一边点击着邮件发送键，一边伸手把手机拿到耳边。

"江夏，明天一起吃晚饭吧。"听筒那边的男生嗓音很轻快，"茄子老师他们到上海了，有件大事要宣布。"

"什么大事?"江夏歪头问道。

"明天你就知道了,"谢冉轻轻笑了笑,"我把地址发给你。"

于是,第二天下午,江夏抓起云朵单肩包,出了校门,按照谢冉给的地址和路线坐地铁,来到景区附近的一栋小洋房前。

她第一次来到这样的小洋房。房子是两层的小独栋,最顶上的阁楼亮着灯。临街的小阳台上种满了花草,长长的绿色藤蔓沿着墙面垂落下来,仿佛一帘苍翠的瀑布。

房子外面是一座院落,围着雕刻枝蔓的栏杆,中间是一扇漆黑的雕花小铁门,似乎随时要进入魔法世界。

江夏站在小铁门前,犹豫了一下,伸手摁了下门边的可视门铃。

门铃嘟嘟响了好几声,洋房里的人才接通。话筒那边的背景音有些嘈杂,一个干净好听的男生嗓音在江夏耳边响起:"请问是哪位?"

"谢冉?"江夏喊他,"是我啦,江夏。"

"请说出开门暗号。"谢冉说得一本正经,嗓音里却带着笑。

"哪有什么开门暗号?"江夏愣了一下。

"有的。"谢冉煞有介事。

江夏半信半疑地低头在手机里点开谢冉发来的短信，确定那上面只有地址和路线："可你没有给我发暗号哎。"

"很抱歉，这里是秘密聚会场所，没有暗号不允许进入。"谢冉轻笑。

江夏揉了揉头发，苦恼地思索了一阵，试着猜了猜："天王盖地虎？"

"宝塔镇河妖。"谢冉笑出声，"猜错了，江夏同学，《林海雪原》里这么老的暗号你还在用啊。"

江夏轻哼一声，又试着猜了《南海风云》里的"地瓜地瓜我是土豆"、《瓦尔特保卫萨拉热窝》里的"暴风雨要来了"，甚至连永恒经典的"奇变偶不变，符号看象限"都用上了，谢冉只是笑着说她猜错了。

"大角，你别逗她玩了，"话筒那边有个轻快的女声插嘴进来笑道，"我听着都着急。"

这时候江夏灵光一闪，对着门大喊："芝麻开门！"

话筒那边的男生轻轻笑出声，紧接着，江夏面前的铁门啪嗒一声开了。

"哇，谢冉，你真的好幼稚啊！"江夏对着话筒大声说，"是谁这么大了还在玩《阿里巴巴与四十大盗》？"

说完，她利落地挂了话筒，挎着单肩包进了门。

院落里布置得很漂亮，通往洋房正门的是一条石子路，

103

路边种满夏季盛开的菖蒲和洋桔梗,还有几株月季爬满花架。

门边的一树桂花已经开了,金灿灿的花朵缀满枝头,飘来的淡淡香气萦绕在江夏的鼻尖。

繁花装点的门前,穿白衬衫的年轻男生靠在墙边,微微抬头笑着看她:"江夏同学。"

"谢冉同学,"江夏咬牙切齿一字一顿,"玩得开心吗?"

"别生气。"谢冉笑着,伸手接过她的单肩包和针织外套,领着她往小洋房里走,"以后这里真的是我们的秘密聚会场所。"

"什么秘密聚会场所?"江夏在玄关处换下运动鞋,穿着白袜子踩上木地板,跟在他的身后好奇地探头问。

"编辑部。"谢冉笑着答道,又神秘地不再说话。

两个人一前一后走到小洋房一楼的客厅前,客厅的装修带有南法风格。最中央是分散摆放的沙发和藤编椅子,墙边摆着装得满满的木柜,柜台上面放满了咖啡杯和骨瓷餐具,一切色调都是低饱和度的,桌面和台面上铺着浅色格子餐布。

一束阳光从落地窗外洒进来,风悠悠地吹起白蕾丝纱帘,一瞬间仿佛来到了南欧的灼热夏季。

"好漂亮。"江夏由衷地赞叹道。

"茄子老师租的，装修花了点时间。"谢冉抬头看了眼客厅，"啊，她冲过来了。"

话音未落，穿着格子衫、戴着黑框眼镜的漂亮女人从沙发上站起来，朝着江夏一个飞扑冲了过来，声音轻快又热情："小夏天！"

谢冉异常熟练地往旁边让了一步，于是漂亮女人一下子扑到江夏身上，热情地和她抱了一下，又兴高采烈地左右行了个法式贴面礼，弄得一向与人自来熟的江夏都被她的热情惊讶到，愣在原地。

"我是茄子，"她推推眼镜，笑容灿烂，"真名白珈，你知道的。"

"哇，你就是茄子老师！"江夏一边和她握手一边赞叹，"好漂亮啊，茄子老师，我好喜欢你的眼镜！还有你的装修风格！"

"终于有人夸我的装修风格了！"茄子老师激动地絮絮叨叨，"我以前留学的时候，在尼斯小住过一段时间，在那不勒斯和西西里也都旅行过。你看，这个风格是不是糅合了南法和意大利的感觉？"

江夏用力点头："我感觉到了，一瞬间联想到很多经典电影的场景！"

"大角是第一个到的，他直接无视了我辛苦弄好的装修，坐在沙发上看了一下午科幻电影！"茄子老师瞪了一眼旁边的谢冉，又回头继续和江夏握手，"小夏天，你比我想象的还要可爱，声音可爱，人也可爱，文章也写得可爱！"她大力夸赞，"像你这样富有灵气的，让我想到很多年轻女作家！"

"你们先暂停一下，"谢冉叹了口气，打断她们的对话，伸手指了指客厅里面，"让江夏认识一下其他人。"

这时候，盘膝坐在窗边的男人站起来，咧嘴笑着同江夏自我介绍："夏天你好，我是闻亮，你看过我写的悬疑小说。"

"闻法师，久仰大名！"江夏一边点头，一边握手。

藤木椅子上穿粉色衬衣的中年大叔起身，一脸沉稳地同江夏握手："编辑老妖，真名叫成尧，我们经常QQ联系的。"

"老妖编编，你在我们群里可是搞笑担当哎，"江夏眨眨眼睛，"线下居然是这么严肃沉稳的一个人！"

"他装的。"谢冉在旁边轻笑着说。

"大角，你闭嘴。"老妖沉稳地回复，"下个月截稿的那个短篇你写完没有？"

谢冉闭了嘴。

落地窗边那位西装革履的年轻人走过来，也同江夏握手："洛时。"

江夏听着他的声音和名字都有些陌生，茄子老师适时地插嘴解释："小夏天，你不认识他，他也是最近才回国，之前在帝国理工学金融工程。"

"好厉害！"江夏瞪大眼睛，"帝国理工的金融工程！"

"最后是老年。"谢冉回身指了下在沙发上热烈招手的年祈，"老年你很熟的，不用介绍了。"

"我们七个人聚在一起……"江夏数了数人数，有些好奇和兴奋地问，"是要宣布什么大事呀？"

"是八个人，"谢冉笑了一下说，"柳夏老师还没到，我们等等他。"

几个人各自坐下来，年祈趴在沙发上念德文诗集，闻法师盘膝坐在落地窗边，似乎在闭目冥想，茄子老师和留学归来的洛时对着一份清单低声讨论着什么，谢冉则在和编辑老妖聊下个月截稿的那部短篇小说。

"这个主题非常有创意，非常独特……"老妖低声说着，"我觉得你这篇可以去北京拿一个科幻大奖。"

江夏窝在懒人沙发里听他们聊了一会儿，然后给笔记本电脑插上网线，打开屏幕，点开邮箱，紧接着发出了"啊"的一声惊呼。

"怎么了？"谢冉微微抬头。

"没事没事，"江夏小声说，"我熬大夜写的采访稿被学姐毙了。"

她揉着头发："她让我全部重写。"

"我帮你看看。"谢冉对老妖点了下头，起身坐到江夏身边，支起手肘微微倾身过来。

江夏把采访稿文档打开，推电脑到谢冉面前，他低头认真地看着，手指偶尔轻点几下键盘。

江夏坐在他旁边一起看，两个人的脸颊近得几乎碰到一起，她可以感觉到他很浅的呼吸，还有他的发梢微微垂落时带起的光影。

她悄悄地抬眼，看见身边男生专注又认真的神情，他的侧脸在阳光里显得挺拔。

"江夏同学。"谢冉读完采访稿，从电脑屏幕前抬起头，像是忍了半天实在忍不住一般，用指节敲了敲她的额头。

"谢冉，你干什么！"江夏捂着额头不满地说道。

"采访稿不是写小说，新闻最重要的是真实。"谢冉叹了一口气，"我觉得你好像不太适合当记者。"

"你这话说得有点过分了！"江夏大声反驳道，"我只不过是在采访稿里尝试融入一些小说技法！"

"江夏同学，别人学新闻的梦想是去美国拿普利策新闻奖，"谢冉叹气，"你呢？"

"去欧洲拿诺贝尔文学奖。"江夏小声说道。

谢冉又用手指敲了一下她的额头。

"白俄罗斯记者阿列克谢耶维奇的目标也是文学奖!"江夏大声说道。

谢冉还没接话,另一边的茄子老师瞪了他一眼:"大角,你的毒舌属性什么时候能改掉?"

她走过来挤开谢冉坐在江夏身边,慈爱地摸了摸江夏的头发:"不要理他,来,我帮你看看怎么改稿子。"

被挤到一边的谢冉低头看着自己的手指,很轻地笑了一下。

下午的时间过得飞快,很快就到了黄昏时分。

茄子老师正在手把手地教江夏修改采访稿,编辑老妖和留学生洛时正激烈地讨论着什么,其他几个人都去厨房帮忙了,远远传来摆弄碗筷的声音。

"夏天妹妹,餐前面包你想要哪种?"在餐桌边摆盘的年祈回头大声问。

江夏从电脑屏幕前抬起头来,还没来得及回答,厨房里的谢冉就抛了一袋面包出来,很随意地接话:"她喜欢吃这个。"

面包袋在半空中划出一道弧线,精准地落入年祈的手中，他有些好奇地盯着印在纸袋上的文字："黑麦面包。"

"别尝试，"谢冉在厨房里随口说，"不太好吃。"

"能有多不好吃？"年祈信心满满地打开纸袋，抓出一片面包，紧接着，放进嘴里又吐了出来，"我的天哪，中世纪的驴吃了都得摇头。"

江夏扑哧一声笑了，坐在她旁边的茄子老师好奇地抬头："真有那么难吃？我不信。"

尝完之后，她缓缓扶住桌子："这简直就像吃土。"

沙发前的编辑老妖也好奇起来："真像吃土？"

结果一袋黑麦面包就这么被一群人传着尝了一圈，每个人吃完以后都是一副吃到土的神情。江夏在一旁看着他们试吃，抱着肚子笑弯了腰。

谢冉靠在厨房门边轻轻叹气："早就说了别尝试。"

江夏接过一片黑麦面包，在一群人崇拜的目光中小口小口地吃完了，一边吃，一边小声说："我觉得挺好吃的。"

"吃完这个，我都打消了吃甜食的欲望。"茄子老师喃喃地说。

"我们之中只有大角还没吃过！"年祈大力挥手指向站在门边低着头笑的谢冉，"快快快！谁让他也被折磨一下！"

"我来我来！"江夏一把抓起面包袋，踮脚站到谢冉面前，掰了一小块面包作势要往他的嘴里塞，眉眼弯弯带着点调皮的笑。

谢冉却也不躲，微微低头就着她的手，轻轻咬了一口。

屋里一群人盯着他的反应，他抬起头，笑着说道："我也觉得挺好吃的。"

"味道很特别。"他温和地评价，"加块奶酪再热一下应该会更好吃。"

一群人不太相信他的话，闹着又要再试吃一圈。这时候，玄关处的门铃叮叮当当地响了起来。

"柳夏老师来了！"茄子老师朝年祈挥挥手，"老年，你去接他进来！"

年祈点点头，出去了。片刻后，他领着一个年轻男人走了进来。

诗人柳夏穿着一件很旧的黑T恤，披着一件洗得发灰的外套，留着寸头，牛仔裤有些褪色和破损，卷起来的裤脚还沾着点泥灰。他有些腼腆地笑着，打扮带着些许轻微的土气，气质却显得沉静而温和。

"柳夏老师在离市区很远的工厂上班，是一名流水线工人。"

谢冉在江夏背后微微倾身，附耳对她轻声介绍。

"他的工作分白班和夜班，白班是早八点到下午五点，夜班要上到第二天凌晨，中间几乎没有休息。他今天是白班，下班以后赶过来需要两个多小时。"

"好辛苦。"江夏也小声回应，不让其他人听见，"你们是怎么认识的？"

"其实是老年先认识柳夏老师的。"谢冉低声回答，"老年不是马克思主义初学者小组的成员吗？他们组织活动去工厂，参观农民工宿舍。"

他顿了一下，道："柳夏老师住的宿舍只有八平米，有一张很小的简易书桌，堆满他的诗集手稿。老年那天读了他的诗，帮他投稿给一家文学刊物，当月就成功发表了。"

两个人轻声说着话，这边的餐桌已经布置完毕，一群人坐在长条餐桌前。茄子老师起身为每个人做了介绍。她坐下来的时候，编辑老妖微微颔首，向她点头。

于是茄子老师推推眼镜，清了下嗓子，郑重宣布："我们来办一本属于年轻人的青春文学杂志吧！"

"哇！"江夏在桌子底下拽了下谢冉的衣角，"这就是你说的大事！"

"嗯。"谢冉轻轻笑了笑，"他们筹备了大半年，老妖找到了几个投资方，茄子老师联系了不少作者，洛时回国也是为了这件事，这几天刚确定下来，他们就约我们来吃饭了。"

两个人低声交谈着，桌子那边的茄子老师已经介绍完杂志的主要目标受众和内容规划。她眼中闪烁着光芒，嘴角带着微笑:"总而言之,这是一本关于青春和梦想的刊物。"

"老妖是主编,"茄子老师朝编辑老妖点了点头,然后指了指自己,"我是副主编。"

"大角已经答应撰写创刊号的刊首语,"她继续说道,"柳夏老师的几首新诗和闻法师的一部中篇小说都会发表在上面。"

这时,她看到桌边的江夏托着脸认真听着,便笑眯眯地挥了挥手:"小夏天,我们可以向你约个长篇连载吗?"

"可以让谢冉负责我的稿子吗?"江夏一脸认真地举手。

"他是作者,又不是编辑。"茄子老师笑着说,然后提议道,"不过你可以让他看完后给你提意见。"

"好,"旁边的谢冉轻轻地笑道,"我帮她看。"

茄子老师又朝另一边的洛时微微点头:"洛时是总经理,负责财务和资金方面的事务。"

西装革履的年轻人点了点头,他身边的黑色公文包里装满了文件,全是这些日子为创刊和拉投资准备的材料。

"金融工程的留学生哎,"江夏对谢冉小声感叹,"回国办杂志简直大材小用了。"

洛时恰好听见她这句话,朝她微笑了一下:"我是为了梦想啊。"

江夏轻轻眨眼,西装革履的年轻人眼睛里有种很亮的

113

东西，像是小小的火星跃动在眼瞳深处，让人在那一瞬间相信那些被称作青春和梦想的名词。

那个夏末的夜晚，蝉声没完没了，光阴无穷无尽。

一群人一直聊到深夜，话语里都是对文学和梦想的期待，他们的杯子碰到一起，声响落在熙攘的夏夜里，很久都没有散去。

江夏悄悄回过头，看见那个在网上发言跳脱、现实中却一脸沉稳的编辑老妖；总是喜欢和人行贴面礼的漂亮温柔的茄子老师；总是咧嘴笑的闻法师；有些腼腆的诗人柳夏；西装革履、一本正经却满腔热血的洛时；大大咧咧、热爱文学的年祈；还有在她身边安静微笑的谢冉。

他们来自五湖四海，却相交如故人。

她悄悄地想：原来，遇见一群志同道合的人，是一件那么令人高兴的事情。

Chapter 07

你被逮捕了

> 明明消失的是一个鲜活的生命，
> 却连不远处觅食的水鸟都没有惊动。

那天之后，江夏变得更忙了。

她每天除了上专业课、完成课后作业外，还会参与学生会发布的各类活动，为校报的主题策划及采访稿积累素材。此外，她还答应了茄子老师在期刊上连载一部长篇小说。可以说，她每天都忙得脚不沾地，忙碌的作息与高三学生几乎没有区别。

大一上学期过得很快，转眼间就快到寒假了。专业课出成绩那天，全宿舍都神情紧张地盯着电脑屏幕，直到班级群里有人发消息："出分了，出分了！"大家才有所动作。

系里的老师们像是约定好了，上传成绩的时间都差不多。宿舍里一片寂静，只有鼠标点击声和键盘敲打声此起彼伏，每个人都在查找着自己的考试成绩。

坐在上铺的许佳允吸了一口冷气，打破沉默："啊，新闻学概论那门课我居然过了，最后的论述题我是瞎编的……还以为下学期要补考呢，感谢老师大恩大德、手下留情。"

这时候，书桌前的严玉笑眯眯地合上了电脑屏幕。一旁的施洁有些好奇地看过去："严玉，你看起来心情很好，是不是考得不错呀？"

"还可以，"严玉撩了一下耳边的一缕碎发，轻盈地微笑着回答，"除了采写那门课外，其他都是优。"

"好厉害！"许佳允从床上探头下来，"那这次系里的奖学金大概率是你的了！"

"江夏，你怎么样？"严玉抬头看了一眼窝在被子里抱着电脑的江夏。

"啊。"江夏抓了抓头发。

"没事呀，考得不好也没关系。"严玉眯着眼睛笑，"江夏，你的均绩是多少？"

"我……"江夏顿了一下，又盯了一会儿电脑屏幕，"好像是满绩？"

"什么！"床上的许佳允一个翻身差点掉下来，"江夏，你得请我们吃饭！"

"是呀是呀，"一旁的施洁笑着附和道，"江夏，请我们吃饭！"

"没问题，没问题！"江夏从被子里坐起来，探身去够床边挂钩上的单肩包，"我们晚上是去吃校外的冒菜，还是坐一站地铁去吃那家新开业的韩式烤肉？"

宿舍里的女生们开始兴高采烈地讨论晚上聚餐吃什么，语气中满是期末考试结束后如释重负的轻松以及对寒假来临的期待。

许佳允摇晃着江夏的手臂，让她传授考试秘诀，害羞的施洁只是坐在座位上看着她们闹，严玉坐在椅子上淡淡地微笑着，指甲却把掌心掐得通红。

期末周结束后，室友们陆续收拾行李回家过年，只有江夏申请了假期留校。

父母亲都已经各自有了新家，她没有家可以回，也没有团圆饭可以吃。好在学校对留校的学生非常友好，宿管阿姨给每个留宿生都发了新年礼包。除夕那天，本校师生去食堂还可以免费领取一份饺子或者汤圆。

年前气温骤降，宿舍里空荡荡的，江夏开着空调，裹着毛绒围巾窝在椅子里，对着电脑屏幕敲键盘码字。

这时候，QQ聊天框抖动了一下，一条新消息跳出来。

编辑老妖：*夏天，方便接电话吗？*

江夏歪了歪头，在对话框输入：*方便的。*

117

紧接着,一个电话打到了她的手机上。

"老妖编编?"江夏接起电话问,"怎么了?之前负责审我稿子的都是茄子老师……"

"不是你的稿子。"编辑老妖有些急切地说,"你最近联系到大角了吗?他已经一周不接电话、不回短信了。"

江夏愣了一下。

"我们今天才通了电话……"江夏小声说,"他还问我除夕团圆饭要不要一起吃来着……"

编辑老妖沉默了一下:"原来他只是不接我的催稿电话吗?"

"不过,老年给他发短信他也没回。"老妖挠挠头。

江夏眨眨眼睛问:"他经常不回消息吗?"

"哼!"老妖恶狠狠地说,"这家伙经常玩失踪,有时候是一两周,有时候更过分,一两个月都不见踪迹。他常年一个人住在出租屋,不和任何人联系,我们刚开始还很担心,后来发现他的习惯就是这样,也就懒得管他了。"

听筒对面的中年大叔狠狠控诉,语气越说越生气,越说越激烈,江夏听着听着忍不住有点想笑。

她乖巧又耐心地听了一会儿,最后小声打断:"可是我的电话他从来都会接哎。"

"无论什么时候。"她补充。

"呵！"老妖冷笑，"我再信一次他'创作时，从不看手机'的话，我就把我的手机吞下去！"

江夏扑哧笑了声："老妖编编，你信誓旦旦的样子怎么这么可爱。"

"夏天，我能拜托你帮一个忙吗？"老妖换了沉稳的语气问。

"什么忙？"老妖严肃的语气让江夏在椅子上坐直了。

"帮我去把大角押到编辑部来。"听筒对面的中年大叔冷静而稳重，"你负责把他关进楼顶小黑屋，写不完稿子不许出来。"

江夏笑出声，但最后还是一本正经地答应了："保证完成任务！"

挂断电话以后，她收拾了一下桌面，把电脑塞进单肩包，然后拿起手机出门去抓人。

冬日的清晨，满街梧桐叶落，行人熙熙攘攘。

一束阳光从云间洒下来，在地面上投下斑驳陆离的光影。街边小摊上冒着热腾腾的白色雾气，几只猫蹲在台阶上晒太阳，毛茸茸的耳朵被阳光晒得微微发黄。

江夏踩着满地摇曳的光影，在一片悠悠的晨光中穿过老小区，推开老楼的单元门，上了六楼。

她停在左边的入户门前,伸手摁门铃的时候发觉门铃的位置被调低了一些,积在上面的灰尘也被屋主人擦拭干净了,仿佛是专门为了接待她这个小个子的客人。

她低头轻轻笑了一下,摁响了门铃。

门铃叮叮当当响了一阵,屋里的年轻男生开了门。他微微打着哈欠,头发有些乱,白色睡衣敞开着,领口下面的锁骨清晰而笔直。

"江夏?"谢冉歪着头问,身边的猫嗖地一下蹿出来,去蹭门边女孩的脚踝。

"你看起来好像一只熊。"他打着哈欠评价。

门口的女孩穿着白色羽绒服,系着燕麦色围巾,戴着一顶白色针织帽,整个人都埋在厚厚的衣服底下,只露出一张小巧漂亮的脸,鼻尖被冷风吹得有点儿泛红,看起来像是那种漫画里鼻子红彤彤的毛绒小熊。

"你才像一只熊!"江夏哼哼,"冬天睡不醒的那种。"

接着,她突然从羽绒服口袋里伸出手,比画了一个"拔枪"的动作:"举起手来!"

谢冉愣了一下,接着温顺地依照她的话伸出双手,高举过头顶。

"你被逮捕了!"江夏大声说,一只手做了个"抬起枪口"的动作,"接老妖编编通知,你将被押解至编辑部,在完成……"她低头看了眼编辑老妖发来的短信,"月末截稿的科幻短篇之前不得离开小黑屋。"

谢冉轻轻眨眼,接着歪头笑起来:"这是老妖发明的新型催稿方式?"

"你被禁止发言!"江夏大声下令,威胁似的对他比画了一下枪口。

"好。"

他笑着伸出双手递给她:"你带我走。"

江夏假装摸出手铐在他的手腕上绕了一圈,再咔的一声把手铐扣上了。

暹罗猫歪着头蹲在窗台上,茫然地看着这两个玩幼稚警匪游戏的人,半是疑惑地喵了一声。

"我去换件衣服。"谢冉说,"你进屋等我一会儿,我去煮杯热咖啡给你。"

冬天穿袜子踩木地板会冷。江夏在玄关处换下运动鞋后,谢冉递给她一双毛绒拖鞋。拖鞋是男生的尺码,江夏踩着拖鞋走到厨房,就像小朋友穿了大人的鞋子。谢冉回头看见她走路的样子,不禁笑了。

"不许笑!"江夏大声说,"你被禁止发笑!"

"好。"谢冉笑着点头,但碰到江夏的眼神后,立刻绷紧下颌,努力憋笑。

江夏捧着热咖啡坐在落地窗边逗猫。谢冉走进卧室换出门的衣服，屋子里安静下来，只有猫在毛衣上发出的呼噜声，以及窗外风吹梧桐叶的哗哗声。

这是江夏第二次来谢冉的住处。

冬天的出租屋和夏天没什么区别，仍旧空荡荡的，没什么家具，地板上流淌着一片寂静的光影。

江夏对着空旷的房间发呆，想象着谢冉在这里日复一日地写作。深夜的时候，星光跌落下来，落在他的发梢上，仿佛微微地闪光。

这么多年来，他就在这里孤独地读书、写作、听歌、发呆。过去的那些日子里，他们打电话的时候，那些声音就在这间空旷的屋子里寂静地回响着。

她突然发觉自己其实并不了解谢冉这个人，那些有关他的过往和故事，她也从来没有追问过。

"走吧。"谢冉打着哈欠推门出来，他换了一件高领毛衣，外面是厚厚的深色羽绒服，衬得他的身形更加挺拔修长，不过头发还是有点乱，看起来像是刚睡醒。

江夏挎着单肩包站起来，谢冉乖顺地向她伸出双手，她就扣住他的手腕押着他往前走，暹罗猫有些不解地歪头喵喵几声，盯着这两个奇怪的人。

他们一起搭公交车去了景区附近的编辑部，一路上都是沙沙作响的梧桐树。

谢冉在公交车上睡着了，倚靠在窗边闭着眼睛。江夏看着被梧桐叶滤过的光影流淌在他的面庞上，侧脸的轮廓沾染着淡淡的金色阳光。

江夏心里忽然微微一动，出于一种莫名的情绪，她伸手碰了碰他的眼睫。

他的睫毛轻颤了一下，接着，睁开眼睛。

"到站了吗？"他迷迷糊糊地问。

"到了。"她立即说。

谢冉转头看了眼窗外，轻声笑了一下："江夏，你又骗我。"

他偏过脸继续睡了，摇摇晃晃的车厢里，江夏看着他熟睡的侧脸，想到他刚刚那句话里的"又"字。

她以前没骗过他，可是那个"又"字出现得毫无预兆，明明只是无心的口误，却仿佛一个偶然闪现的预言。

两个人坐着公交车到了站，江夏领着睡得迷迷糊糊的谢冉穿过雕花铁门、石砖小径和一路开花的小雏菊，走到了杂志编辑部所在的小洋房。

进门的时候，谢冉被茄子老师热情的法式贴面礼弄醒了。

编辑老妖一脸沉稳地指挥着江夏把谢冉押上顶楼的小阁楼，还特意把钥匙收走了，只留给谢冉一台电脑和一副键盘，意思很明显：不写完今日份的稿子不许出来。

谢冉无奈地笑着，坐在桌前开始写作，江夏抱着一摞纸坐在他身边，认真看着茄子老师给她大纲写的批注。

时钟嘀嗒嘀嗒地转动，阁楼里一片寂静，只有键盘的敲击声轻微作响。

临近午餐的时候，江夏看完了大纲的反馈，轻轻叹了一口气。

"怎么了？"谢冉从屏幕前抬头问她。

"茄子老师对故事的结局不太满意。"江夏低头盯着纸页上的圈圈说道，"她觉得不够有力，也不够动人。"

"我看看？"谢冉欠身坐过去。

两个人凑在一起重读了一遍茄子老师写满几页 A4 纸的反馈，谢冉读得很认真，撑着一只手，低头的时候额发落下来，微微遮住眼睛，江夏坐在他身边，偶尔回过头看他时，总是很想把他的头发理一理。

"茄子老师的意思是前期的铺垫不够。"读完以后，谢冉想了想，说，"你想想那句很有名的'庭有枇杷树，吾妻死之年所手植也，今已亭亭如盖矣'，开头写了那么多花啊鸟啊，很长很长的一段话，到最后只为了那一句。"

他顿了一下,轻声说:"那个人当年种的那棵树,原来已经长得那么大了啊。"

说这句话的时候,阳光恰从头顶上方的天窗倾泻而下,纷乱地落满他们一身。江夏忽然抬起头,风吹动她的发丝,某种遥远而陌生的情绪隔着漫长的光阴偶然传递到她的心上。

她心里忽然空落了一块。

"这就是所谓'后劲'吗?"她捂了捂胸口说,"我感觉好像被很多年前的子弹正中眉心!"

"对啊。"谢冉认真地点点头,"很多年前那些笑啊闹啊,过了很多年以后,突然发现,好像全部隐藏着离别的预兆。有时候人们就会想,要是可以回到过去就好了,可是再也回不去了。"

"有人说,"他轻声说,"'生命中的那些别离,并不是突然降临的……原来都是很早很早以前就已经开始了。'"

江夏回过头看他,他在阳光里微微仰头,细碎的尘埃和光浮在半空中,无声无息地环绕着他的周身。

他安静地抬眸,一半侧脸藏在影子里,一半笼在阳光下,衬得他的眉眼那么清晰而干净。

"喂,谢冉,"江夏低声说,"你生命中……有谁离开了吗?"

"有啊，"谢冉很轻地说，"他们都死了。"

那天，江夏第一次听谢冉讲起他父母的故事。

谢冉的母亲患有很严重的精神类疾病，每天都要吃很多药的那种，有一年夏天，全家人开车去山间陪她散心，漂亮的水鸟纷纷停落在水面上，父子两人在岸边笑着玩水。

就在两人开心玩耍时，她的母亲坐上了驾驶座，然后头也不回地把车开进河里。伴随着咕噜声，车子静静地沉入水底。消失的是一个鲜活的生命，却连不远处觅食的水鸟都没有惊动。

她就这样冷静而坚决地结束了自己的生命。

一个月后，谢冉的父亲也从窗台上纵身一跃，毫不留恋地离开了这个世界。

那天，是谢冉人生的至暗时刻。放学回来后，他只看见空荡荡的窗台边纱帘乱飞，桌上的纸页被风吹落了一地。

楼下响起尖锐的警笛声，还有无数的、不停扩大的喧嚣。

"那年我十七岁。"谢冉轻声说。

江夏微微怔了一下。认识谢冉那年她十四岁，他十七岁，他们成为最好的朋友。

在那个满是爬山虎的夏天，她在傍晚的热风和浮尘中，哭着跟他说爸爸妈妈不要她了。那时候,谢冉对她说:"别哭,难过的时候就唱歌。"

"谢冉……"江夏低低地喊他。

"这种病就是这样的,"谢冉忽然很轻地说,"很难缠,有时候上一秒还是好好的,下一刻就忽然不在了。"

下一刻,他忽然怔住。

身边的女孩慢慢地靠近他,轻轻地把手放在他的头发上,她的肌肤柔软,掌心带着一点温暖的温度,贴着他的发顶给人一种安心的感觉。

"别难过,"她摸了摸他的头发,"我陪你。"

她伸手拨开他额前的碎发,抬头注视着他的眼睛,他们都在对方的眼瞳里看见倒映着的自己。

阳光纷乱地落满他们肩头,在那个遥远而寂静的午后。

那年除夕,江夏和谢冉是在编辑部过的。

因为杂志初创,工作十分忙碌,茄子老师、编辑老妖和总经理洛时都没有回家过年;闻法师是上海本地人,农民工诗人柳夏没有抢到春运的火车票,而年祈那年在忙毕业论文。总而言之,一群人都刚好留在上海。

于是除夕那天,他们聚在小洋房里一起吃了顿火锅,然后挤在老式电视机前看春晚。那时候赵本山还在出演小品，一群人都笑得打战，江夏笑得倒在谢冉身上，他笑着拍她的背帮她顺气。

新年倒计时的时候，一群人一起大喊"三、二、一"，然后鼓掌祝贺彼此新春快乐。年祈从他的旅行包里掏出数码相机，架在三脚架上定好时，给大家拍了张合照。

闪光灯咔嚓亮起，照片上的每个人都笑容灿烂。

最左侧的谢冉微微低头，含笑的目光停在旁边的江夏身上，江夏则乖巧地站好看着镜头，露出一个粲然的微笑。

后来年祈把照片洗了八份，每人都发了一份。江夏把那张合照放进钱包的透明格子里，每当刷地铁卡看到时，她就翘起嘴角，会心一笑。

再后来，钱包旧了，照片也随之泛黄，一同散落在记忆的某处。

大一下学期开始以后，江夏的日子忙得像旋转的陀螺。

她在杂志上连载的长篇小说，正处在剧情发展的关键节点；新学期的专业课又多了不少复杂的理论知识，就连学生会那边也到了换届选举的阶段，需要她参与。

宿舍里，江夏和严玉都是新闻学系的学生，也都是学生会新闻部的成员。两人在奖学金和学生会新闻部部长竞选方面是劲敌，以至于她们的关系渐渐变得有些微妙，但表面上始终维持着某种和谐。

江夏经常早上六点就离开宿舍去操场上读书，半夜十二点还在床上开着小灯码字。

有一次严玉微笑着提醒江夏晚上九点关灯，以免打扰她的睡眠，于是江夏总会在傍晚离开宿舍，在学校里找座小亭子码字，每次都是深夜甚至凌晨才回宿舍休息。

她待在宿舍里的时间太少了，也就注意不到室友们偶尔会低声讨论些什么，然后在她推门进来的那一刻噤声。

新闻部部长选拔即将开始，每个参与竞争的大一学生都在为面试紧张地准备着年度工作报告。

江夏回宿舍的时候，严玉随口问了她一句准备情况，两个人就没再说什么。

距离选拔还有两天时，江夏和室友们一起去参加了隔壁学校的公开讲座活动。讲座在一个比较偏僻的研究生校区，教授一直讲到晚上六点才结束。

踩着铃声下楼时，江夏突然感觉被人从后面挤了一下，接着她就从下面那级台阶摔了下去。

"江夏，江夏，你还好吗？"走在前面的室友许佳允听见声音回过头，急急忙忙跑到江夏身边去扶她。

"没事没事。"江夏坐在地上缓了一会儿，扶着栏杆站起来，摆了摆手，试着走了几步，"我感觉还好。"

"江夏,你还能走吗?"走在后面的严玉一脸担忧地走过来,旁边跟着低头抱着书的施洁。

"应该能走。"江夏摇摇晃晃地走了几步,觉得脚踝痛又停了下来,"太晚了,你们先去吃饭吧,我慢慢走。"

"你一个人可以吗?"许佳允担心地问,"要不我们留一个人下来陪你?"

"不用啦,"江夏笑着摇头,"我自己可以的。"

室友们都离开了,如潮的人流也退去,江夏在台阶上坐了会儿,感觉似乎好些了,又试着站起来走了几步。这几步后,她发现自己彻底不能走了。

刚摔下来的时候还没什么感觉的脚踝,突然变得格外疼,疼得她吸着气坐回台阶上,轻轻地捂着自己的脚。

周五的傍晚,教学楼里空无一人,楼梯间寂静一片,她坐在台阶上发着呆,有些后悔刚刚没有让室友留下来陪自己。

现在只剩下她一个人了。

晚风呼呼啦啦地穿过走廊,吹起她的衣角和发丝,她突然觉得有点孤单。她微微抿着唇,低头从帆布包里翻出手机,拨出一个电话,摁下免提键。

嘟嘟的回铃音在空落落的楼道间回荡了很久,久到她以为对面那个人不会接电话时,回铃音停了,男生干净清洌的嗓音响在她的耳边。

"江夏?"他似乎一瞬间就察觉到她的情绪,"怎么了?"

"谢冉……"开口喊他的那一刻,难过的情绪一下子涌出来,她的声音里莫名就带了点委屈的意味,"我崴到脚了……"

"别哭,"听筒那边的男生低声哄她,"疼吗?"

"嗯。"她一边点头一边用鼻音哼着回答。

"一个人吗?"谢冉又问。

"嗯。"江夏抿着唇,"我等会儿试试看能不能单脚跳着回去。"

"你别动,"听筒那边的男生轻轻叹了口气,"我去接你。"

"谢冉,你不用过来,"江夏摇头,"我缓一下就好了……"

"江夏,"听筒那边的男生认真地打断她,"等我。"

Chapter 08
狐狸与小王子

逆着光站立的谢冉，
像是站在明亮而盛大的夏天里。

在挂断电话之前，谢冉又问了她的地址和脚踝的情况。接着，电话断了，江夏坐在台阶上，对着楼道对面的窗户发呆。一只长尾雀儿在梧桐树上跳来跳去，她就数那只小鸟的步数。

数到一千下的时候，脚步声从楼道转角处响起。

江夏转头，看见匆匆赶来的谢冉，惊讶地眨眼："你怎么这么快？"

"打车过来的。"谢冉在她面前微微俯身，"让我看下情况。"

江夏还没来得及反应，面前的男生突然把她打横抱起，轻轻放在台阶的最高处。她的裙摆在风里像花一样绽开又收起。

接着,他在下面几级台阶坐下,说了声"抱歉",便用掌心托起她受伤的那只脚,卷起她的白袜子,低着头检查她的脚踝。

"有点肿了,"他试着按了下,"疼吗?"

江夏倒吸了一口气,疼得直掉眼泪。

"先带你去校医院拍个片。"谢冉点点头,在她面前微微弓身,"我背你。"

江夏坐在台阶上仰起脸看他,这个年纪的男生肩背有些薄,但是并不瘦弱,弓身的时候肩胛骨的形状会隔着衣服显现出来,线条的弧度极其漂亮且有力,像是白鸟鼓起的翼。

她犹豫了一下,伸出双手环住他的脖子,触碰的瞬间,男生的体温透过衣服传到她的身上,比她的体温略高,有种令人安心的温暖。

谢冉一只手绕过去扶住她,另一只手抓起地面上的帆布包,背着她往外走。

江夏把脸埋在他的衣服里,低着头许久没说话,鼻尖有很好闻的薄荷味道,她慢慢意识到那是残留在他头发上的某种洗发水的香气。

"江夏。"下楼梯的时候谢冉喊她。

"嗯？"江夏歪着头应他，说话的气流微微触碰到他的耳垂。

谢冉似乎迟疑片刻："你……帆布包里装了多少书？"

"大约……"江夏眨眨眼睛，"十几二十本吧？"

"你装那么多书干什么？"谢冉轻轻叹气。

"我吃完饭要去图书馆啊。"江夏哼哼，"我要学习到晚上十二点才回宿舍……"

接着，她突然顿了下，似乎悟到了什么："谢冉，你不会背不动吧？我和书加起来大概一百多斤。"

谢冉低哼了一声。

"哇，谢冉，你是不是不行？"江夏故意大声逗他。

谢冉绷着下颌，不回话。

江夏笑起来，继续逗他，他并不回答，背着她在路上走。逗着逗着她就累了，抱着他的脖子，把下巴尖儿轻轻抵在他的肩膀上，自顾自地哼着歌。

后来歌声也渐渐停了。

花树下，男生微微侧过脸，肩上的女孩轻轻把脸颊贴着他的脖颈，安静地睡着了，她的呼吸很浅地掠过他的耳侧。

一片花瓣从头顶上悠悠地落下来，停留在她的发间。

他低垂眼眸，无声地笑了下。

那天谢冉陪江夏去校医院拍了片子，又帮她买水和饭，最后送她回了宿舍。

江夏的脚踝是韧带扭伤，没有伤到骨头。医生给她开了些药，叮嘱她回去冰敷后再热敷，又开了一周的请假条，让她在宿舍好好静养，不要乱动。

从校医院出来的时候恰好是晚课结束时分，学校的林荫道上熙熙攘攘。

穿白衬衫的年轻男生背着漂亮女孩在人群中格外显眼，惹得好多人路过时忍不住回头看一眼。

江夏莫名有点儿害羞，把脸埋在谢冉的衣服里。谢冉不知从哪里找出一顶带着学校 logo 的棒球帽，轻轻盖在她的头顶上，压低帽檐挡住她的脸。

于是江夏被保护在一个小小的空间里，空气里都是谢冉身上干净好闻的味道。

因为江夏扭伤脚走不了路没法上楼，宿管阿姨格外开恩地让谢冉背着她进了女生宿舍楼。

楼道里全是来来往往的年轻姑娘，认识江夏的女孩们都停下来关切地询问她脚踝的情况，接着调皮地眨眼，笑容灿烂地调侃一句"你男朋友对你可真好"。

江夏起初还会解释说不是男朋友是好朋友，但后来说的人多了她应付不过来，只好笑着点点头说谢谢。

谢冉目不斜视地背着她往宿舍方向走,似乎什么也没听见。

江夏抬起头的时候,突然发觉他的耳尖有点儿红,她又低下头弯起嘴角笑了一下,没戳穿他。

走到宿舍门口的时候,谢冉微微弯身让江夏碰到门把手,江夏从帆布包里摸出钥匙,一只手钩着他的脖子,一只手伸出去开门。

宿舍里的三个女孩正在聊天,听见开门的声音一齐抬头。谢冉礼貌地微微颔首,简单致意,然后送江夏到她的床位前,把她抱起来轻轻放到椅子上,低头和她说了几句话就离开了。

门一关,许佳允立即从床上跳下来,贼兮兮地拉住江夏的手,暗示性地眨眼:"快说,刚刚那个男生是不是那个喜欢你的'好朋友'?"

她刻意咬重"好朋友"这个字眼,满脸笑眯眯地带着"我已经看透了一切"的八卦表情。江夏笑着轻轻推了一下她的肩膀:"什么叫'喜欢我的好朋友'啊?"

"他绝对喜欢你!"许佳允摇头晃脑地分析,"他刚刚送你进来的时候,我们几个大活人在这里,他都不带多看一眼……他眼睛里只看得见你一个人!"

"别乱说,别乱说,"江夏去捂她的嘴,"我们两个真的只是好朋友……"

"你们只是好朋友的话,"许佳允狡猾地转了转眼珠子,"那你给我一个他的联系方式?那么帅的男生,我有点喜欢哦,你不要的话那我就去追他了!"

许佳允一脸认真地摊开手,要电话号码。江夏打开手机,盯着通讯录里谢冉的名字,突然变得有点犹豫:"我……"

"开玩笑啦!"许佳允拍了拍她的头顶,爽朗地笑起来,"俗语有言'朋友妻不可欺',我才不会去追你的男生啦!"

"什么乱七八糟的俗语啊。"江夏一边小声嘟囔,一边不动声色地按灭了手机屏幕,简直像做贼一样。

那个瞬间的心情,就好像想悄悄把那个人藏起来,放在自己这里,让他只属于自己一个人,谁也拿不走。

"说起来,我一回来你们就关心八卦,"接着,她哼哼着说,"你们都不关心我的脚伤哎。"

"超关心的!"许佳允立即说道,"看你的样子这些天都不能走路了,你就在宿舍好好休息,我们三个会每天分工去食堂给你打饭的!"

"对吧,姐妹们?"许佳允回头看向书桌前的施洁和床上的严玉。

严玉拨开颊边的一缕发丝,笑眯眯地点头:"对呀。"

那个周末，三个女孩轮流从食堂给江夏打包饭菜回来。江夏一直待在宿舍里等待室友的投喂，因为她的脚伤没办法下楼，错过了学生会新闻部部长的换届竞选活动。

星期天下午，部门公布了换届名单，江夏拿到了一个干事的职位，同部门的严玉当选为副部长。晚上，几个人在宿舍里吃了顿简易火锅，算是庆祝江夏和严玉在学生会有了新职位。

严玉那天特别高兴，笑眯眯地小口喝着菠萝啤。她说担任学生会副部长能给保研加分，对评国家奖学金也很有帮助。一个学院通常只有一个国奖名额，她对此志在必得。

接着，她又转头问江夏："你以后打算保研吗？"

江夏正在给自己倒冰可乐，听见这个问题想了一会儿，最后捧着可乐说："没想好。"

"江夏，你如果以后不打算保研的话，"严玉一边微笑一边从自己的书桌上抓了把小零食塞到她手里，"要不你把奖学金的名额让给我好了？我们两个大概率都在候选人名单上，反正你不保研也不需要那些头衔。"

江夏接过零食，看了眼包装，又是过期零食。她说了声"谢谢"，把零食收到抽屉里，埋头吃着碗里的水煮肉片，没有回答严玉的问话。

周一，三个室友全都满课，一大早就匆匆离开了。

江夏醒来的时候已经是上课时间,宿舍里空空荡荡,阳光从窗外倾泻进来,风吹起晾晒在衣架上的白袜子。

刚开始她因为不用去上课而感到高兴,但是很快就开始觉得无聊和寂寞。

她忍着疼从床上爬下来,坐在椅子上看了会儿书,然后打开电脑写了会儿小说,觉得写得不好又删掉,最后翻开专业书背了几页《中国新闻史》,背着背着就对着窗户发起了呆。

一只麻雀落在电线杆上,一跳一跳地起落,有点形单影只的意味。

太阳升起来,又落下去,江夏一整天都没有吃饭。

室友们说过中午回来给她送饭,但是大概因为上课很忙就忘记了。中途严玉回来拿书,江夏小声问她可不可以帮忙带个饭,严玉说学生会马上要开会,她没有空,让江夏去找许佳允或者施洁。

许佳允和施洁都有晚课,很晚才会回宿舍。江夏饿着肚子等到快过饭点的时候,试探性地给许佳允打了个电话,结果许佳允说晚课有随堂小测,她在突击预习,让江夏打电话给施洁。

于是江夏又给施洁打电话,手机嘟嘟响了一会儿,施洁没有接电话。

傍晚时分，江夏单脚跳着，歪歪倒倒地把椅子拉到窗边，趴在窗台上，望着天边的夕阳一点点落下。

一整天没有吃东西，她感觉有点低血糖，只好把抽屉里那包过期的巧克力吃了，可是看着天空还是觉得头晕眼花。她把脸埋进衣服里，闭上眼睛，在心里轻轻地给自己唱歌。

这时候，搁在身边的手机突然响了，江夏愣了一下，摁下接听键，把手机贴在耳边。

"江夏？"听筒那边的男生笑着念她的名字。

"谢冉……"江夏接通电话后就开始哭，她因为没吃饭，整个人饿得天旋地转、眼冒金星，委屈和难过的情绪一下子涌了上来。

谢冉的声音在耳边响起，那么温柔又那么好听，她想抱着他放声大哭。

"别哭，"谢冉轻轻叹了口气，"你低头看，我在这里。"

江夏微怔一下，低头往楼下看去。

穿白衬衫的年轻男生站在香樟树下，微微抬起头，含笑看着她，发尾下面缠着白色耳机线，天边落日的光停留在他的侧脸上，勾勒出挺拔的轮廓。

逆着光站立的谢冉，像是站在明亮而盛大的夏天里。

无边的风从他的身后涌过来，涌动着扬起他的发丝和衣袂，他笑着说："你看，我在这里。"

"你怎么会在这里？"江夏瞪大眼睛，有些难以置信。

"我突然想到你可能会饿肚子。"谢冉笑了下，"我有你的课表啊，今天你本来是满课，这样的话你室友大概率也是满课，很可能没时间照顾你。"

"我都忘记我给你发过课表了。"江夏小声说。

"我给你打包了食堂的铁板饭还有校外的烤冷面，都是你喜欢吃的。"谢冉提了一下手里的纸袋给她看，"但是你们宿管阿姨不让我进楼，这个时间点是晚课时间，也没有人进出宿舍顺便带一下。"

他叹了一口气："你们宿管阿姨要在值班室看门，也不能帮忙带饭。"

"那怎么办？"江夏歪着头看他。

"我想了一个办法。"谢冉看着她说，"你那里有没有晾衣绳？"

"哎？"

"你把绳子放下来，"谢冉似乎觉得很好玩，轻轻笑了起来，"把食物吊上去。"

"哇，我觉得我们好像什么特工队。"江夏一边找晾衣绳一边对着手机话筒说，"像是传递情报的秘密组织或是古时候的锦衣卫！"

"是吗？"听筒那边的男生嗓音带着笑意，"我觉得你比较像关在高塔里的长发公主，我喊一声，你就把发辫放下来给我。"

"那你是来救我的吗？"江夏也笑，这时候晾衣绳已经降下去了，谢冉把纸袋仔细绑在绳子末端，然后江夏在窗边拉着绳子一点点提上来。

"是啊。"谢冉微微仰头，看着纸袋摇摇晃晃地爬上窗台。窗边的女孩从纸袋里翻出烤冷面埋头开始吃，他轻轻地笑了一下，"不过没办法带你走，长发公主长大了就自己走了。"

"可是我是短头发。"

江夏一边干饭一边讲电话，想到什么就讲什么："来玩'快问快答'，谢冉你喜欢长头发还是短头发？"

"嗯？"听筒那边的男生似乎愣了下，"短头发。"

"为什么喜欢短头发？"

"因为……"谢冉抓着头发想答案，"好打理？"

"如果有一天我头发变长了你会不会就不喜欢我了？"江夏又问，开始拆铁板饭的包装盒。

谢冉被她的跳跃式"快问快答"绕得有点晕，顿了一下笑着说："无论是什么样子，我都喜欢江夏你。"

拆到一半的手停住了，江夏摸了摸脸颊觉得有点烫，突然哗啦一下把窗帘拉上。

还在楼下等她吃完饭的谢冉愣住，不明白她怎么突然拉上窗帘了。

"我觉得夕照有点晒，所以拉窗帘。"江夏飞快地对他解释一句，然后背对着窗帘，低着头笑了一下。

她继续用漫不经心的语气对手机话筒说："说出喜欢我的十个理由。"

"这真的是'快问快答'？"谢冉无奈地笑了，"问题难度好像有点大。"

"就是'快问快答'。"江夏轻哼着拆开包装盒开始吃铁板饭，"你继续说，我一边吃饭一边听你讲。"

天边的云霞从粉色变成橙色再变成紫色，最后天空一点点变蓝、变深、变宁静。

初夏的风从窗外涌进来，吹起窗边的纱帘和女孩的发丝。她手边的老式电话听筒里，传来男生干净的嗓音，他们聊了很久，直到蝉鸣渐起。

路灯渐次亮起，晚课下课铃响了，学生们从教学楼里涌出来，夏夜里充斥着笑声和打闹声。

江夏吃完晚饭，把包装盒收拾好，系在晾衣绳上，从窗台上吊下去给谢冉，他拿去放进不远处的回收站。

"你明天还会来吗？"江夏趴在窗台上，望着谢冉离开的背影，开着免提的手机搁在她手边。

"会。"谢冉说。

"那你每天都会来吗？"她又问。

听筒那边的男生似乎顿了一下，最后轻轻笑着说："会。"

江夏在那段日子里特别能体会狐狸的心情。

狐狸对小王子说：假如你说你在下午四点来，那么从三点钟开始，我就感到高兴。

等待谢冉来到她窗下的时候，江夏就是这样的心情。

那段日子就像童话故事，令人联想到一切美好的开始，以及那些令人心动的相遇。

例如，《格林童话》里在高塔上放下发辫的长发公主，莎剧里在阳台上看见罗密欧的朱丽叶，《纳尼亚传奇》里穿过衣橱去见羊怪先生的小女孩露西。

谢冉每天都来，早上一次，中午一次，晚上一次。

他给江夏带来校外热腾腾的烤冷面和鸡蛋饼，食堂香喷喷的铁板饭和蛋包饭，有时候还有一串用糯米纸包好的糖葫芦。

每次电话响起，江夏就单脚跳着小跑到窗边，把末端系着袋子的晾衣绳放下去，吊上来的时候便能收获美食。

宿舍里空空荡荡，轻快的风吹起晾衣架上的白袜子，江夏坐在窗边拆开纸袋埋头吃饭，楼下的谢冉靠在自行车边，有一搭没一搭地和她聊天。

风从身后吹来的时候，他摘下一只白色耳机，微微仰头闭上眼睛，感觉到阳光从树梢上跌落，停留在他的眼睑上，翩跹跳跃的光影。

沙沙的树叶声里，江夏探头出去看他。

斑驳的日光碎影洒在他的身上，好像落了一个夏天。

"羊怪先生。"江夏突然说。

"嗯？"谢冉歪了下头。

"我突然想到《纳尼亚传奇》里的羊怪先生，"江夏弯着眼睛笑，"你站在路灯下面，拿着很多纸包，如果现在是晚上，你再撑一把伞，就更像了。"

她突然想玩角色扮演，提起裙角礼貌地欠身："图姆纳斯先生，很高兴认识你。"

图姆纳斯是《纳尼亚传奇》里小女孩露西在路灯下遇到的那位温柔的羊怪先生的名字。

"夏娃的女儿，你好啊，"听筒那边的男生笑着陪她玩，"请问你是怎么来到纳尼亚的？"

"我是从一座空房子里，穿过一个大衣橱走进来的。"江夏强忍着笑意，装作一本正经，"我住的地方现在还是夏天呢。"

"我这里现在是冬天，而且进入冬天已经有很漫长的一段日子了。"谢冉也忍着笑,"要是我们一直像这样站在雪地里说话,我想我们两个都会被冻坏的。"

"那么图姆纳斯先生,"江夏眨着眼睛问,"你要邀请我去你家里吃烤面包、沙丁鱼,还有美味的蛋糕吗?"

这时候教学楼的下课铃恰好响了,丁零零的声音伴着沙沙的叶声和风声,学生们陆续从教室里走出来,喧嚣声一时间如潮水般涌来。

楼下的谢冉按着一只白色耳机,站在树荫里,等到铃声停了,无声地笑了一下。

"夏娃的女儿,你该回家了。"

他轻声说:"这里没有四季,只有冬天,整座树林里到处都是白女巫的奸细。"

江夏抓抓头发,谢冉好像记错了原文的对话,原本这段剧情里羊怪先生应该先邀请小女孩露西去他家做客,然后才发生他冒着被白女巫发现的风险送她回家的对话。

不过她还是顺着他的话接下去:"我认得从这里走回家的路,我看见那个大衣橱的门了。"

"那么你赶紧回家去吧,我希望你能原谅我差点儿对你做的坏事。"谢冉还是轻笑着,仿佛只是漫不经心地念着台词,"或许我可以留下你的手帕当作纪念?"

"当然可以。"江夏点着头,伸手假装把衣橱的门关上,结束了在纳尼亚王国的奇幻冒险,大声说,"我回来啦,我平安地回来了,一点儿事也没有。"

"那就好。"谢冉笑着说。

江夏抓着手机贴在耳边,从窗台上探出头去看他,楼下的男生微仰着头笑着回望。

午后的阳光有些晃眼,江夏看不清他的神情,只觉得他的眼睛里有种过分温柔的情绪,温柔得好像初夏的一抹微风,缱绻又温柔地停留在她的颊边。

"谢冉。"江夏喊他。

"嗯。"谢冉应。

两个人虽然隔了好几层楼的距离,可是听筒里的男生声音就响在江夏的耳边,就好像他低头在她的耳侧轻声说话。

"你明天也会来吗?"江夏问。

"会。"谢冉点头。

"那你……"江夏小声问,"什么时候就不来了?"

"等到你不需要我了,我就不来了。"谢冉顿了下,又笑着说,"别担心,在这之前我会一直陪着你。"

江夏轻轻哼了一声。她的脚踝恢复得很快,再过几天就能下楼走路了,她也找不到什么理由让谢冉每天都来,他还有自己的事情要忙。

挂断电话的时候,她低着头小声嘟囔一句:"可是我想要你一直陪着我。"

她说得很小声,又是在挂电话的瞬间,谢冉不太可能听得见。

她低着头没去看楼下,于是也就没看见楼下的男生轻轻按着白色耳机,站在树荫里安静地听着电话挂断后的空白。

"我也是。"他轻声说。

不久之后,江夏的脚伤彻底好了,她又变得忙碌起来。

因为一周没听课,她欠下了不少内容,每天都在往图书馆跑。图书馆关门之后,她又在学校里找有灯的小凉亭,坐在里面用电脑写稿子或者论文,一直写到凌晨一两点。

斜对面床铺的严玉每天晚上九点左右就会上床,整个宿舍都得在那时候熄灯。

最开始严玉觉得江夏在床上开的小灯太亮,江夏就买了厚实的遮光布把自己的床铺遮起来。于是严玉不再说她的灯太亮了,开始说江夏敲键盘的声音很吵,江夏又给电脑贴了静音膜。

过了几天,严玉还是说打字的声音很吵,于是江夏每晚都离开宿舍去外面学习,离开之前在桌上给自己留一盏小灯。

后来严玉说那盏小灯也会打扰她的睡眠,于是江夏就关了灯。回宿舍的时候,她打开手电筒,蹑手蹑脚地推门进去,踩着梯子爬上床。

再后来,严玉带着另外两位室友一起很严肃地找江夏谈了一次话,说她深夜回宿舍开门的声音太吵,会影响其他人的睡眠。

江夏连声道歉,随后将回宿舍的时间改在了室友们都熟睡的凌晨。每次开关门时,她都用手指轻轻抓着门边,小心翼翼地尽量不让木门发出声音。

只不过有时她回宿舍时,会发现斜对面严玉的床铺遮光帘开了一条缝,些许微光从床帘里漏出来,偶尔还会传出翻书或打字的声音,似乎里面的人并没有在睡觉。

江夏没想太多。睡眠质量同样不佳的另一位室友施洁确实也私下找过她两次,有些腼腆地、不好意思地建议江夏晚上尽量去宿舍外面学习,否则会影响到她的睡眠。

江夏答应了,保证出入宿舍都会尽量不发出声音。可是她渐渐发现,三个室友会避开她在宿舍里讨论些什么。

以往总是和她要好的室友许佳允看她的眼神也变得有些奇怪,似乎逐渐对她有些刻意的疏远。

女生宿舍楼里开始流传一些谣言,说三楼一间宿舍里有个女生经常凌晨才回宿舍,听说是在和校外不知道哪里来的男生鬼混,连宿管阿姨都知道这件事。

到了学期末,谣言愈演愈烈,有人说亲眼看见那个女生大半夜和不同的男生亲密地走在一起,回到宿舍时她的脖子和锁骨上都有明显的红痕。

江夏就住在三楼的一间宿舍。她第一次听到这个谣言的时候,是一次早课,不小心迟到了五分钟。坐在她后座的一个女孩指着她的背影悄声对同桌说:"看,就是她。"

江夏低着头翻开笔记本,第一次在听课时走了神。

Chapter 09
我陪你长大

> 江夏,你看,
> 城市的星星在地面上。

学期末的时候,所有学生都很忙。

考试周之前经常下雨,江夏抱着电脑和专业书,照旧去小凉亭里待到深夜。

她先背了一会儿书,然后打开电脑开始赶稿子,最近她的编辑茄子老师催稿催得很急。凉亭外沙沙地落着雨,雨点打在积水的路面上,映着路灯泛出粼粼的光。

深夜的校园里寂静无人,一星一星的灯光被风吹落,碎在地上。偶尔有只野猫钻进来躲雨,亲昵地蹭一蹭凉亭里女孩的裙角。

手机叮地响了一声,一条短信跳进来。

江夏一边敲键盘一边把手机抓过来,看见收件箱里有一条来自谢冉的短信。

　　大角：睡了吗？

　　江夏摁下回信键打开对话框，对着一跳一跳的小竖线发了会儿呆，最后直接拨了个电话过去。

　　"还没睡吗？"听筒那边的男生问。

　　传来的男生嗓音带着点困倦的意味，听起来像是还没睡醒。他一只手抓着手机说话，另一只手伸过去捞笔记本电脑，开机启动的嗡嗡声传进听筒里。

　　"在赶稿子。"江夏打开免提功能，把手机放在身边，一边打电话一边啪啪地打字。

　　"我也是，"谢冉打着哈欠说，"老妖又发明了一种新型催稿方式。我本来打算睡觉，他非得大晚上催我起来赶稿子。"

　　"他是怎么做到的？"江夏听着他困得迷糊的嗓音，忍不住笑了起来。

　　"他打电话问我今天几号了，我看了一下时间，说十五号，他突然大喊一声，说我的手机日历坏了，后天就是月末截稿日了。"谢冉笑着说，"把我吓醒了。"

　　江夏眨眨眼睛："这是什么催稿方式？"

　　"接着他说，以后要按照他的时间来，让我跟他对一下日历。从现在开始，后天就是截稿日。"

谢冉的声音像是在认真抱怨,又像是开玩笑逗江夏开心:"然后他还让我顺便跟你对一下日历,把我们两个的时间同步一下。"

江夏扑哧笑出声:"好,我跟你同步。"

"一起赶稿子吧。"出租屋里的男生打着哈欠靠坐在墙边,指腹在键盘上轻点几下,打开电脑文档,"我听着你码字的声音会更有动力一点。"

江夏点点头:"好啊。"

谢冉挂了电话又打过来,这样一来用的就是他的话费了。

两个人各自开着免提坐在电脑前打字,听筒里响起清晰有节奏的键盘声,他们经常这样连着麦码字,以监督彼此。

时间嘀嗒嘀嗒地流逝,很快到了转钟的时候,江夏低头看了眼手机电量,对听筒那边的谢冉说:"我手机快没电了,要挂电话了哦。"

"好。"那边的敲键盘声音停了下来,"我差不多写完了,准备去睡觉。"

"晚安。"江夏说。

"晚安。"谢冉说,挂断了电话。

空气里只剩下沙沙的雨声,躲雨的猫蜷在长椅上睡着了。

江夏又敲了一会儿键盘,把待办事项里的今日任务一条条勾掉,然后抱着电脑起身,撑开伞往宿舍楼的方向走去。

凌晨一点,宿舍楼道里的灯寂静地亮着,值班室里空无一人,宿管阿姨去外面巡逻了。

江夏刷开宿舍大楼的门,一步步转到三楼的走廊里,轻手轻脚地停在宿舍门口,从帆布包里摸出钥匙,尽量小声地插进锁孔里。

她愣了一下。

钥匙转不动,门被人从里面反锁了。

——宿舍里的人不欢迎她回来。

凌晨两点,老小区的单元楼顶还亮着灯。

出租屋里的年轻男生慢慢从地板上坐起来,一只手用力压在头发上,闭着眼睛缓了一会儿,等到剧烈的头痛稍微缓解,他起身去厨房倒了杯温水。

窗外大雨如注,雨水泼溅在玻璃窗上,划出凌乱的线条。

男生倚靠在墙边,微微垂着头,沾着雨水的风从外面涌进来,吹起他的发梢和衣领,他的侧影落在半明半暗的光影中。

门铃突然丁零零地响了。

他似乎愣了一下,歪着头听了一会儿,才缓慢地反应过来,起身去开门。

门打开了,门外站着意料之外的女孩,棉麻布裙和白凉鞋,一张素净的脸,抱着一台笔记本电脑和一部没电的手机。

雨水从她的发梢滴落下来,沿着袖口和雨伞落下,在地面上汇成小小的一片。

女孩抬起脸,被雨水打湿的碎发粘在颊边,眼瞳里映着路灯的光亮。她全身湿透,依然轻松地笑着:"谢冉,我没地方去了,你可以收留我一段时间吗?"

面前的男生怔了一下,然后也轻松地开玩笑:"要交房租的。"

"可我没有钱。"她仰起头。

"一万字一个月。"他笑着道。

江夏先是愣了一下,接着一边笑着一边假装生气地瞪他:"哇,谢冉,你太过分了,这种时候还帮着茄子老师催稿啊?"

"上次你不也帮着老妖把我押去了编辑部关小黑屋,我这是以其人之道还治其人之身。"谢冉也笑着,接过她抱着的帆布包,引着她走进屋子的客厅。

外面的雨很大，江夏被淋得湿漉漉的，裙角和发丝上都挂着水。

谢冉从房间里翻出一条干燥洁净的毛巾，轻轻盖在她的头上，又去厨房倒了一杯热水递给她。

女孩窝在懒人沙发里，捧着马克杯小口地喝着热水，头上顶着柔软的白色毛巾。她不说话，只是安静地喝着水。谢冉也不说话，只是坐在她身边静静地陪着。

胖胖的暹罗猫在两人之间温顺地趴着，时不时左边蹭一下，右边再蹭一下。

"没什么要问我的吗？"过了一会儿，江夏抬起头。

"没有。"谢冉轻轻摇头，接过她喝完了的水杯，"你好点了吗？要不要去洗澡？"

"洗个热水澡的话，"他歪着头想了想，"也许心情会好一点。"

江夏点点头，谢冉带着她去浴室，告诉她冷热水的开关和洗发水、沐浴露的位置，又拆了一把全新的牙刷和一个漱口用的纸杯给她。

浴室的门关上了，江夏打开热水开关，汩汩的雾气很快就充满了整个小小的白色空间。她站在浴帘后，听着窗外哗哗的雨声，闭着眼睛让热水从头淋到脚。

温暖的水流从头顶一寸寸漫到脚尖，慢慢冲散了被雨水浸泡的冷意。

她终于开始感觉到自己在一点一点地回暖,像被包裹在一个无限温柔的怀抱里。

片刻后,外面轻轻地响起敲门声。谢冉站在门口,有些迟疑地问了一句:"江夏,你介意穿我的衣服吗?"

"是新的白T恤,我还没穿过。"他认真地补充道,"你的衣服都湿透了,继续穿的话很容易感冒。"

"没关系呀,我不介意的……"满屋的水汽和热雾里,江夏回头朝着门口搭话。

话说到一半突然顿住,声音变得轻到听不见。

她很小声地重复:"穿你的衣服。"

"江夏,我把衣服和浴巾放在门口的洗衣筐里了。"站在门口的男生继续说,"我会去房间里关上门,你不喊我的话我不会出来。"

外面响起很轻的一点关门声,他回到自己的房间里了。

江夏踮起脚推开一条门缝,探头出去看见外面空旷的客厅,干净的木地板上映着白炽灯的光,流淌在地面上是一摊明亮的光影。

门口的竹编洗衣筐里整齐叠放着蓬松柔软的大浴巾和那个人的白色T恤衫。

她合上了门,开始认真洗澡,先是按压液泵式沐浴露,给全身上下抹满白色泡泡，然后又一边冲水一边从旁边的瓶子里往手心里挤洗发水。

往头发上揉洗发水的时候，她微微愣了一下。

鼻尖闻到一股很干净的薄荷味道，是那个人身上的气味。

"谢冉。"她悄声在心底念了一遍他的名字。

从浴室出来的时候，她踩着放在门外的厚底拖鞋，裹着干燥温暖的大浴巾，穿着那个人的白色T恤衫，站在他的房间门口敲他的门。

他的衣服对她来说很宽大，几乎快盖到她的膝盖，看起来像是小朋友偷穿了大人衣服，整个人晃晃荡荡地被包裹在里面，让她愈发觉得自己好像一个不太听话的小孩。

"谢冉，我需要吹风机。"她一边敲门一边说，因为这个想法反而变得有点儿颐指气使。

房间的门开了，门口的男生看着她轻笑了一下，领着她去拿吹风机。

"我要你帮我吹头发。"她接着说，窝在懒人沙发里不想动，"我今天好累，没力气。"

"好。"谢冉很乖顺地点头，给吹风机插上电，然后坐在她身后专注地帮她吹头发，他的动作很轻，手指掠过她柔软的发丝，热风呼呼地从她的背后吹到她的颊边。

江夏有点困了，她淋了雨又熬了夜，一天的心情起伏很大，在吹风机的声音中她慢慢闭上眼睛，往后一靠就窝在谢冉怀里睡着了。

她一下子就睡熟了，所以不会知道，身后的男生整个人怔住了，他握着吹风机的手指停下来，微微地颤抖了一下。

良久，他轻轻闭上眼睛。

"江夏。"片刻后，江夏听见谢冉低声在她耳边唤她，"等头发吹干了再睡。"

江夏不情不愿地重新坐起来，恹恹地垂着头让谢冉继续帮她吹头发。谢冉无奈地笑了笑，尽量快地吹干了她的头发，领着她站起来往房间走。

"你睡我的房间。"谢冉说，"我刚刚换了四件套，都是洗干净的。"

"我占了你的房间，那你睡哪里？"江夏歪头看他。

"次卧之前没用过，要打理一下才能睡。"谢冉指了一下对面房间的门，"我整理好以后睡那边。"

"你不会要整理到很晚才能睡觉吧？"江夏问。

"没事，只是铺一下床和被子。"谢冉一边说话一边拍松床上的枕头，"我不太困，你快点睡觉吧，吹头发的时候你都睡着了。"

江夏点了点头,钻进被窝里,仰着脸在床上对谢冉说:"晚安。"

"晚安。"谢冉说,他熄灭了房间的灯,又轻轻地带上了门。

房间里安静下来,窗外哗哗的雨声也停了。

黑暗里,江夏翻过身把脸埋在枕头上,总觉得隐约可以闻见那个人身上的气味,清洌又干净的,极浅而淡地传到她的鼻尖。

被芯是羽绒的,蓬松又温暖,盖起来很舒服;被子是纯棉的,抱着也很舒服,有点儿软。江夏抱着被子窝在床上,侧耳倾听外面偶尔传来的一点轻微的声响,猜测着谢冉此刻正在干什么。

结果她居然睡不着了。

翻来覆去好几次后,她从床上爬起来,悄悄推开房间的门。

房门打开一条缝,一束光线漏进来,雨后的落地窗边,穿白衬衣的男生坐在地板上,微微低着头,面对着笔记本电脑屏幕,手指偶尔轻轻敲落几个字。

江夏站在门后看他,巨大的落地窗玻璃上倒映着他的剪影，朦胧的光晕打在他的头发上，垂落的碎发被照得微微莹亮，寂静地闪着光。

他戴着白色耳机，耳机线从耳骨下方绕下来，连着地板上的黑色 MP3。

她突然很想知道他在听什么歌。

"睡不着吗？"男生摘下一只耳机，歪着头望过来。

"你怎么知道我醒了？"江夏吓了一跳。

"你的影子倒映在玻璃上了。"谢冉指着旁边的落地窗。

江夏轻轻哼了声，干脆推开门坐在他的身边。谢冉的电脑屏幕亮着，上面是打开的 word 文档，他正在修改一份稿子。

"这么晚了你还不睡吗？"江夏看了会儿他的稿件问。

"不太困。"谢冉诚实地回答。

他想了一下，分出一只耳机递到江夏面前："要听歌吗？"

江夏接过耳机，一根手指抵在耳郭上，听着他正在听的歌。耳机里放着一首英文歌，清澈干净的男声轻声地唱着："I'd walk ten thousand miles, ten thousand miles to see you……"

下了一整天的大雨早就已经停了，玻璃窗上偶尔滚落几滴晶莹的水珠。

谢冉专注而认真地修改稿件，江夏抱着猫坐在他身边，有时看看他的屏幕，有时望望窗外发呆。

黑暗里的玻璃窗映着两人的倒影，偶尔有车灯在梧桐树下一闪而逝。

"江夏，"过了一会儿，谢冉摘下耳机回头问道，"你是不是心情不太好？"

"有点，"江夏承认，"睡不着。"

"走吧，"谢冉关上笔记本电脑站起来，"去看星星。"

"去看星星？"江夏愣了一下。

"我睡不着的时候会去看星星，"谢冉看了一眼窗外，"正好雨停了。"

江夏的衣服已经被谢冉用烘干机烘干了，从里面拿出来的时候还是温热的。她换回自己的衣服，担心夜里着凉又罩了一件谢冉的白衬衣，然后跟着他在夜深人静时分出了门。

谢冉带着江夏穿过老小区，走到附近一栋废弃的大楼前。大楼还没有装修完，外墙上裸露着水泥砖，旁边的脚手架都没拆，看起来像是个烂尾工程。

两个人一前一后走上微微褪色的台阶，偶尔走到拐弯处，谢冉在楼梯上回头伸手，稍微拉江夏一下，带着她爬上这座老旧大楼的最高处。

原来谢冉说的看星星的地方是楼顶的天台。

天台四面没有栏杆遮挡,只有夏夜的风呼呼地吹过。刚下过雨,台面上积着雨水,风吹过水面泛起粼粼闪光的涟漪。

"可是今天没有星星。"江夏仰起头望天。

"有的。"谢冉回过头,伸手拉她踩上天台边缘,"在这里。"

"江夏,你看。"他轻声说,"城市的星星在地面上。"

天台下方是沉睡着的城市,万家灯火流淌成明亮的光海,在黑暗里静静地闪烁,如同一整片盛大浩瀚的星群,远处流动着的车流仿佛发光的银河。

夜深人静的时候,城市的星星就升起来。

两个人安静地肩并肩坐在天台边缘,风从背后浩荡无边地涌来,脚下是摇曳灿烂的灯火。

"好漂亮。"江夏说,"原来这就是你说的星星啊。"

"嗯。"谢冉望着城市上方沉浮的光,"心情不好的时候,就来这里看星星。"

"你经常心情不好吗?"江夏问。

身边的男生没回答。

他在灯火里仰起头,轻轻闭上眼睛,感受到从身后涌来的风,夏夜的晚风无边无际,无声地笼罩在他的周身。

片刻后,他轻声说:"有时候会在这里看一晚上星星。"

顿了一下，他回过头，"江夏，可以跟我说说你为什么难过吗？"

"喂喂喂，我只是说有点心情不好睡不着而已，"江夏小声哼了下，"怎么到你嘴里就变成难过了？"

"可是你大半夜淋着雨跑到我这里来，好像流浪猫一样。"谢冉满脸严肃地指出，"明明一副快哭了的样子，还偏偏要故作轻松地笑。"

"可恶，不要乱揭我的短啊！"江夏哼哼着扭过头，片刻后又小声说，"因为被很多人讨厌了。"

"总而言之，就是在学校里遇到了乱七八糟的事情……宿舍没办法住下去了，上课的时候还会被人指指点点……"她低声嘟囔着，"其实我知道努力做好自己就可以了，但是不被人欢迎的时候，还是会觉得很难过。"

"我明明都已经是成年人了，也知道世界上有那么多人，总有很多人会不喜欢我，也可能被人没来由地讨厌。"她叹了口气，"感觉自己好像还是个没长大的孩子。"

谢冉想了一会儿，道："这种事情我也没办法帮你。"

"不过，江夏，"他在晚风中回过头，笑着对她说，"我陪你长大。"

那天，他们一起看了一晚上星星。

城市的星星落下去，天上的星星升起来，黎明前的天空漆黑如镜面，大小星子点缀其间，东方闪耀着灿烂的启明星。

天边泛起一点微微的白，太阳就要出来了。

快天亮的时候，江夏终于开始犯困，脑袋一点一点的，几乎要倒在谢冉肩头。

谢冉领着她走回老小区的出租屋，她伸出一只手拽住他的衣角，低着头半闭着眼睛，任由他拉着自己慢慢挪动步子。

从街边一盏又一盏灯路过，女孩就缀在男生的影子里往前走。

醒来的时候已经是下午两点。

江夏望着白色的天花板发了一会儿呆，从床上爬起来。

午后的阳光落在木地板上，客厅里一片空旷，暹罗猫趴在窗台上打盹。

对面的房门是关着的，谢冉大约还没睡醒。

江夏披上外衣走到厨房，看见台面上搁着一壶温水和一袋黑麦面包，旁边贴了一张便笺纸，上面是男生流畅又好看的字迹。

留言第一行写着：水烧好了，早餐买了你喜欢的黑麦面包，冰箱里有饺子和汤圆。

第二行：我还想睡一会儿。

落款：大角。

江夏把便笺纸揭下来，贴在冰箱上，坐在桌边吃了早餐，然后试着开火煮了一锅饺子，还特意给谢冉留了一半，等他醒来吃。

接着，她给手机和电脑充满电，坐在落地窗边，噼里啪啦地敲击键盘，把待办事项里的今日任务一一处理掉。

下午的时间过得很快，黄昏时分的霞光无声地洒落。

暹罗猫还趴在窗台上睡觉，对面房间的门也还没有打开。

江夏开始有点担心，她站在谢冉的门边侧耳听了一会儿，里面什么动静也没有。

犹豫片刻，她以指节叩了叩门，在许久都没有得到回应之后，小心翼翼推开了门。

夕阳的光从她的背后涌来，投落在房间的床上。

就像客厅和主卧一样，次卧也是空空荡荡的，除了一张床外什么家具也没有，给人一种近乎不真实的空旷感。

浅色床单上躺着睡熟的穿着白衬衣的男生，他身上胡乱地盖着被子，被子的一角垂下来，落到一侧的地面上，折叠成揉皱的一团。

暖金色的光打在他的侧脸上，勾出一道明亮的轮廓线，他的眼睑静静合着，纤长的睫毛垂下来，眉心微微蹙起，似乎睡得不太好。

江夏在他身边站了一会儿，从这个角度，她看见他笔挺的鼻梁和清晰的唇线，还有因为呼吸而微微起伏的锁骨和颈线。

"谢冉。"她试着叫醒他。

男生微微动了一下，在睡梦中闷咳一声。

江夏迟疑了一下，伸手拨开他垂落的碎发，轻轻戳了戳他的额头，似乎想把他紧锁的眉心舒展开。

"谢冉？"她轻轻喊他，"醒来啦。"

男生在迷迷糊糊之中，很低地应了一声，然后慢慢睁开眼睛，歪了下头，眼神有些茫然和困惑。

"江夏？"他轻声问，嗓音有点哑。

"你睡了一整天了。"江夏认真地说，"再这样下去晚上会睡不着，而且不吃饭对身体也不好。"

谢冉点了点头，在床上坐起身。起身的时候，他突然闭了下眼，靠在墙边微微喘息着，抬手紧紧按住脑袋，指骨因为用力微微泛白，像是一个下意识的动作。

"谢冉，你不舒服吗？"江夏有点紧张。

"没事。"谢冉低声说，"大约是刚睡醒……有点头疼。"

"白天睡太久会这样的。"江夏想了一下，"我去倒杯温水给你。"

从厨房倒水回来,她看见谢冉还是靠坐在墙边,微微低垂着头,一只手撑着脑袋,凌乱的发丝从指缝里钻出来。

"谢冉,你真没事吗?"她担忧地问,坐在床边递水给他。

"缓一下就好了。"他闭了下眼,慢慢松开手,接过盛着温水的马克杯。

片刻后,他转头问江夏:"吃晚饭了吗?"

"还没有。"江夏摇头,"中午煮了饺子,还剩下一些,不过已经凉了。"

"去外面吃的话有点晚了。"谢冉想了一会儿,"厨房里有面条……你介意吃我煮的面吗?"顿了下,他强调,"我煮得不太好吃。"

江夏摇着头笑起来:"没关系,反正我知道你不会做饭。"

厨房里响起咕嘟嘟的水声,谢冉切了番茄和午餐肉,给两人煮番茄鸡蛋面。

他在厨房做晚饭的时候,江夏就坐在客厅的懒人沙发上托着腮看他,厨房里的水汽沾染在他的发梢上,隐约闪着些微光。

暹罗猫趴在厨房的窗台上睡觉。

"猫好像总是在睡觉。"江夏随口找话题。

"嗯,"谢冉一边往锅里放白菜叶子一边回答,"它是老年猫了,平时睡得多,不怎么动。"

停了一下,他低声说:"没几年寿命了。"

窗台上的暹罗猫喵呜一声醒了。

它像是很不满意谢冉的话,一甩尾巴啪地蹿起来,爪子踩着他的肩膀蹦到他头上,对着他的头顶狠狠踩了一脚,再拍拍屁股跳回窗台,倨傲又优雅地交叠起两只前爪。

这一套大动作直接把碗里洗净的白菜叶撞飞了,厨房里的男生啊了一声,手忙脚乱地接碗和叶子,最后头发上落满了大白菜叶子。

"对不起,"男生头顶着大叶子对猫道歉,"我说错话了。"

暹罗猫傲慢地扭过头不看他。

男生举起双手发誓:"暹罗猫长命百岁。"

看着这一幕的江夏笑得倒在懒人沙发上。

她缓了一会儿才揉着笑痛了的肚子站起来,到厨房里帮谢冉收拾满地的白菜叶。

谢冉还在抓着头发对猫认真道歉,江夏笑着踮起脚帮他摘掉头顶上的菜叶子。他微微弯下腰,让她能够碰到自己的头发，她的手指轻轻触碰到他沾了水的发梢。

两个人之间的距离那么近，近到她只要略一低头，下巴尖就可以碰到他的额头。她专心致志地帮他挑走头发里的白菜叶，女孩的鼻息微微扑落在男生的耳郭，于是那一块微微泛红。

这时候，暹罗猫喵的一声从窗台上跳了下来。

它先对着谢冉踩了一脚，然后亲昵地蹭着江夏的腿，一边蹭一边挑衅地瞪谢冉。

谢冉一把拎起它的后颈，把它从江夏脚边提起来，一脸冷漠地驱逐到了客厅。暹罗猫喵喵叫着骂骂咧咧，谢冉直接对着它关上了厨房的推拉门。

"哎？"江夏愣了一下，"为什么要把它赶出去？"

"猫在厨房里影响我做饭。"身边的男生平静地往锅里打鸡蛋。

暹罗猫被赶出去了，厨房里只剩下两个人。江夏站在谢冉身后，背起双手，看他煮面，偶尔帮他递一下酱油和醋，或者在他下面条的时候帮他卷一下袖口。

一锅番茄鸡蛋面很快煮好，面条分盛在两个大瓷碗中，最上面撒着葱花，底下搭配着金黄的鸡蛋和鲜红的番茄，面汤里漂着煮得很软的白菜叶子，冒着热腾腾的雾气。

两个人坐在彩色格子的餐桌两侧，面对面地捧着碗吃面，接着谢冉去厨房洗碗，江夏在门口逗猫，抓了一根逗猫棒撩得暹罗猫满地打滚。

"江夏。"

哗啦啦的水声里，男生的声音响起来。

"嗯？"

女孩蹲在地板上逗猫，抬起头看见他的侧脸。

"我说……"

男生缓慢地说着，似乎在斟酌措辞："如果你需要的话，可以在这里继续住。"

顿了下，他又补充道："直到你不需要了为止。"

"好呀。"女孩愣了一下然后笑，"你不说的话，我本来也想问你的。"

她也顿了下，小声说："那就说好了哦，我在你这里住，只要我想，就一直住下去。"

Chapter 10
喜欢的女孩

两个人站在积雪的路灯下长久地拥抱，
直到雪落满他们的肩头。

那之后，江夏花了一周时间办理退宿手续，然后从宿舍搬了出去，借住在谢冉的出租屋里。

她不想占用谢冉已经住习惯的主卧，坚持住之前没人用过的次卧，把自己的书和衣服都搬了进去，又稍微购置了几件简易家具添在里面。

学期结束后的那个暑假非常漫长，两个人都花了一些时间适应有彼此的生活。

谢冉在自己房间里待的时间很长，有时候一整天都不出来。

江夏刚开始有点担心，后来发现他的习惯就是白天在房间里睡觉，到饭点时顶着凌乱的头发出来吃饭，从傍晚开始坐在客厅的落地窗边写作到深夜,甚至经常会在地板上睡着。

每当江夏看见他又在地板上睡着了,就会拉他起来,领他回房间里睡。他总是迷迷糊糊地听她的话,偶尔他睡得很沉的时候,她就轻轻地给他盖上毯子。

江夏严肃批评过他乱七八糟的生活作息。谢冉义正词严地举出诗人海子晚上七点起床写作,早上七点日出后再睡觉的例子,弄得江夏一时间无法反驳。

不过自那之后,只要她起床,总会在第一时间敲一敲谢冉的房门,然后就能看见乖顺地出来吃早餐的谢冉。

有时候他还会提前帮她做好早餐,几乎每次都是一杯热牛奶、两片黑麦面包和一个煎蛋,极少的情况下是一碗番茄鸡蛋面,想来以他糟糕的厨艺水平,会做的大概就只有这些。

大二开学之后,江夏每天很早就出门了,傍晚回来时会顺手在食堂或者街边的汤粉店打包一份晚饭给谢冉,然后两个人各自忙各自的事。

因为作息时间不太一样,他们虽然住在同一个屋子里,但见面的时间其实不多。

只是两人偶尔会在夜幕降临时聚在落地窗边写作,或者窝在懒人沙发里看电影。

每当那样的时刻来临,空气里都会格外沉静,暹罗猫会趴在两人之间呼呼大睡,谢冉微微侧过头,江夏的脸近得只差毫厘。

借住在谢冉出租屋的日子里,江夏的状态越来越好。

她在专业课上取得了不错的成绩,也结交了许多新朋友,她在新闻部的表现也十分出色,参与策划了好几次校报的专题版面,还独立采访过知名校友和省委领导。

她在杂志上连载的那部长篇小说的反响也很好,茄子老师和编辑老妖时常说杂志的销量很不错。有时候,她会看见有同学在上课时偷看最新一期杂志,封面上印着的都是她熟悉的名字。

有时候"夏天"和"大角"这两个笔名会并列连在一起。

江夏看见的时候,会在心里高兴一下,有点儿小小的得意。

那一年他们约定说,等以后两人的书出版了,要各自送对方一本亲笔签名的书。

那个学期结束得很快,眨眼间就是来年了。

那一年冬天的雪下得很早,寒假也来得格外快。

下雪的日子,落地窗外是漫天飞舞的白,谢冉靠坐在墙边对着笔记本电脑打字,外面的天幕一寸寸变深变蓝,他在窗边抬起头,翩跹的光落在他的面庞上。

钥匙转动的声音响起,紧接着是门开的声音。

清脆明亮的女孩声音从外面响起:"我回来啦!"

"我得赶紧去洗个澡!"她大声说,"今天学校活动,出了好多汗,脏死啦。"

江夏跑去自己的房间换衣服,片刻后谢冉抱着竹编洗衣筐走到阳台上,半蹲着按下几个按钮,洗衣机轰隆隆地运转起来,两个人坐在厨房里吃打包盒里的蛋包饭。

房间里呼呼地吹着暖气,这个冬天特别冷,在室内开着热空调都要穿毛衣。江夏从外面回来没多久,把冻得通红的双手放在装着热水的马克杯上,轻轻地搓着掌心。

外面的洗衣机突然轰隆一声,像是打了个饱嗝。

江夏愣了一下,谢冉抓了抓头发,两个人一前一后地走向阳台。谢冉掀开洗衣机盖子,一个个泡泡冒出来,扑扑落在他的头发上。

"它怎么了?"江夏茫然。

谢冉蹲在洗衣机前研究了一会儿。

"它冻着了,"他抓了抓头发,叹了口气,"里面好像结冰了。"

"洗衣机居然会结冰!"江夏大惊,"我是南方人,我没见识，那怎么办？"

"等到白天气温回升就好了。"谢冉戳了戳筒里瘫着的衣服，"天冷了，它罢工。"

两个人蹲在洗衣机前，面面相觑了一会儿，突然同时笑起来。

江夏笑得一屁股坐在地上，谢冉一边笑一边伸手拉她起来。她笑得站不起来，直接把谢冉也拉倒在地上，两个人倒在地板上笑得喘不上气。

这时候，房间里又轰隆一声，热空调吱吱呀呀地停了。

谢冉愣了一下，起身摁了几次阳台的开关，开关像是躺尸了一样没什么反应。

过了一会儿，他转过身，瘫着脸说："笑早了，停电了。"

两个人对视了一会儿，又同时笑起来。

结果真笑早了，整个晚上都没来电。

"好冷，好冷，好冷。"停电后屋里没了暖气，江夏跳着脚在地板上乱窜。

她已经穿上了自己最厚的衣服，多层毛衣外加两件厚外套，三双袜子和一双毛绒拖鞋，裹得像个球。

但是房间里还是冷，关了窗也冷，冷风从厨房的门缝里漏进来。

谢冉穿着高领毛衣和浅色羽绒服,从房间里抓了件自己的长款羽绒服罩在她头上:"穿这个。"

江夏把整个人缩进他的羽绒服里,窝在懒人沙发里缓了一会儿。地板上点着几支蜡烛,是刚才从楼下小卖部买的,不知道还能坚持多久。

"看电影吗?"谢冉在她身边坐下,"笔记本电脑还有一点电。"

"好啊好啊。"江夏抱着谢冉的羽绒服往里面缩,"看搞笑情景喜剧,我要靠大笑来取暖。"

谢冉想了想,点开文件夹里的《老友记》。

里面的说话声一响,江夏就开始笑,笑得整个人倒进谢冉的羽绒服里,只露出一个圆圆的脑袋。

天幕一点点黑下来,玻璃窗外飘着雪。谢冉从房间里抓了两床厚被子,盖在两人身上。他们肩并肩坐在一起,看老式笔记本电脑里的画面一帧帧流动。

屏幕外时不时传出大笑声,满屋子都是肥皂的气味。江夏靠在谢冉身上不知不觉睡着了,她怀里抱着他的羽绒服,身上盖着厚厚的被子。

第二天早上醒来的时候,江夏看见男生靠在她身边,低着头还在睡。冬日的晨光落在他的脸庞上,在他的睫毛下方扫出很浅的一片阴影。

他的呼吸声很轻,额发垂下来遮住眼睛,一只手松松地搭着,垂落在身侧。

江夏低着头,盯着他那只手。男生的手指骨节修长好看,每一寸筋骨都漂亮。张开的掌心微微向上,落着阳光。

她的心动了一下,突然伸出手,牵住了他的手。

在那个悄无声息的、秘密的牵手中,她听见自己擂鼓般的心跳。

冬日的阳光清澈且浅淡,投在地板上是浅金色的。

落地窗边铺着厚厚的棉麻被子,懒人沙发放倒后变成一张床。两个人就这么靠在一起睡了一整晚,暹罗猫蜷在中间的窝里打盹。

江夏侧过脸,看向身边睡熟的男生。

他们面对面侧躺着,鼻尖几乎碰到一起。她悄悄牵着他的手,与他十指相扣,听见他沉静而浅淡的鼻息。

阳光打着旋儿从上方落下,照亮他挺拔而明净的侧脸。

大约因为空气寒冷,男生的手指冰凉,但掌心很暖,握在手里有种奇异的感觉。江夏第一次这样牵一个男生的手,好像偷到糖果的小孩,明明做了坏事,却有点儿高兴。

牵住他手的那个瞬间,谢冉的呼吸有一刹那的停顿,江夏几乎以为他醒了,可是接着他的呼吸变得安静而均匀。

窗外落了一夜的雪停了，世界是万籁俱寂的白。

在那个短暂的瞬间，江夏突然产生一个想法。

也许……

他知道，只是他没说。

这时，电突然来了。

热空调嗡嗡地启动，暖风阵阵吹来，满屋子的灯同时亮起，灯光打在两个人的发梢上。

房间里的老式手机丁零零响起，被吵醒的暹罗猫跳起来一脚蹬在谢冉身上，男生闷哼一声睁开眼，抓着凌乱的头发坐了起来。

"好像是你的电话。"江夏指着房间说。

谢冉点点头，起身去房间。片刻后，他拿着手机一边打电话一边走出来，对着听筒说了许多句"好"和"明白"，最后道了声谢挂断了电话。

"老妖的电话。"看见江夏仰着脸一副好奇的模样，谢冉笑了一下说，"他跟我说之前那部短篇小说入围了'星河奖'，月末要飞去北京参加活动。"

江夏瞪大眼睛看了他一会儿，忍不住啪啪鼓掌赞叹："好厉害啊，大角老师！那可是国内顶级的科幻小说奖！"

"可能要去很久。"谢冉想了想，"你一个人住可以吗？"

"没问题！"江夏点点头，"我留在屋子里帮你看家和照顾猫。"

之后,谢冉花了几天时间收拾行李,然后拉着一个小型行李箱出发去北京。

谢冉离开的那天,江夏抱着猫站在门口送他,他笑了一下说不用送。出小区之后,他直接打车去机场。

"平时要记得开窗通风,一直开热空调会闷。"临走前,男生一条条叮嘱,"不要给暹罗猫喂太多,它肠胃不好。"

"还有,江夏,"最后,他认真地说,"你要照顾好自己。"

"知道啦,大角老师。"江夏开玩笑时会叫他的笔名,"你快走吧,我又不是小孩子,会照顾好自己的。"

谢冉走了,屋子里安静下来。

江夏抱着猫站在窗边,看着他离开的背影,突然觉得有点孤单。

风吹过树梢,吹落满头积雪。

那之后很长一段时间,江夏感觉自己好像又回到了高中时代。下课后,她回到空无一人的出租屋,打开电脑,点击QQ好友列表。每当那个熟悉的暹罗猫猫头亮起来时,她就戳开对话框,在里面打字。

谢冉会跟她讲一些有关北京的事,比如北京的冬天很冷，天安门广场上总是有好多人，长街上经常有三轮车叫卖糖葫芦，在景山上可以看见故宫顶上覆盖的雪，他有时候会坐在那里看一整天。

很快就是除夕了。

这一年除夕，江夏是在一个老教授家里过的，老教授即将退休，邀请了很多朋友和关系好的学生来家里过年。

他的家不大，椅子不够坐，大家挤挤挨挨地坐在地板上，听老教授讲《庄子》和《维摩诘经》。

晚上，大家闹哄哄地去江边放烟花，江夏站在人群的缝隙里给谢冉打电话。

"江夏，新年快乐。"听筒那边的男生笑着说。

"新年快乐。"江夏把手机话筒贴在耳郭上，"你那边好吵，在干什么？"

"一群人在一起吃饭。"谢冉靠在墙边抬头看了眼笑闹的人群，"有作家也有编辑，还有高校的教授。"

"我这边也是。"江夏仰头看着天幕里的烟花，"大家在放烟花。"

"我听见了。"谢冉说，"应该很漂亮。"

"很漂亮。"江夏在岸边坐下来，呼呼的江风吹起粼粼的水面，她的眼瞳里映着烟花的光，"真想给你也看一眼啊。"

"你替我看吧。"听筒那边的男生轻轻笑着，"你多看一会儿,就算是看了两个人的份。"

"谢冉,"江夏想了一会儿说,"你还记得我念高三那年,我们定下了一个约定吗?"

"我记得,"谢冉点头,"你说你考到上海的话,我们就见面。"

"我们再定一个约定。"江夏戴上耳机对着话筒说话,烟花在她的头顶上方绽放,"明年除夕,我们一起看烟花吧。"

"好。"谢冉答应她,"明年下雪之前,我就回来见你。"

次年夏天,谢冉的短篇小说集出版了,一个月内销量就突破了十万,报刊上到处都是关于这位年轻科幻小说家的采访。

访谈里说他是个很神秘的年轻人,几乎从来不露面,不开签售会,也不愿意接受采访,一个人安静地住在北京郊外的房子里,只偶尔在作家论坛的时候出现一下。除了他的笔名"大角"以外,人们对他的生活一无所知。

书评家写道:他(大角)的故事节奏很快,想象力惊人,总是从一个很小的点切入展开。叙述多使用白描手法,但富有强烈的画面感,给人以看电影的感觉;他的文字风格简单朴素,具有温和的特点。他讲的故事,哪怕发生在遥远的异世界，也令人感到温暖和亲切，哪怕悲剧也让人相信美好。

访谈下面附了一张照片，那是谢冉唯一一张公开的照片，照片上的年轻人从书桌前抬头，穿一件简简单单的白衬衫，对着镜头温和地看过来，恰好有阳光落在他的发梢，照得他的发丝微微发亮。

江夏坐在窗边读完了这篇访谈，用剪刀把那张照片剪下来收好。

她有点儿高兴和得意地想：那个在镜头里熠熠发光的年轻男生，是她认识的、只有她知道的、会在下雪前回来见她的人。

楼下响起丁零零的自行车铃声，邮递员一只手扶在车把上，对着楼上大喊："三单元601，有你的快件！"

江夏打开窗大声应了一声，就匆匆跑下去取快递。单元楼门口，邮递员在大包小包里翻出一个包裹，然后从制服的口袋里掏出一支圆珠笔，让江夏在收件单上签了字。

邮递员踩着丁零零的自行车走了，江夏抱着包裹回到楼上。她坐在客厅的懒人沙发里拆开包装纸，打开来，里面是一本崭新的书，是谢冉的书。

扉页上写着：夏天，生日快乐。

落款：大角。

江夏低着头笑了，掏出手机给谢冉打电话。

手机嘟嘟地响了几声，对面的人接通了电话，男生的嗓音带着笑："江夏，生日快乐，寄的书收到了吗？"

"收到啦。"江夏打开免提，把暹罗猫抱过来放在腿上，一边说话一边给它揉脑袋，"你这次好准时啊。"

每年江夏生日的时候，谢冉都会给她送书。但是，除了他们去年住在一起的时候，其他时候他寄来的书总是迟到。

"这次我提前打电话告知邮局，让他们按时送的。"谢冉回答。他正坐在窗边写作，哗哗的风声吹起银杏叶子。

"那你以后每年都要准时，"江夏敲了敲手机听筒，"不许迟到。"

"好。"谢冉笑了笑，顿了一下又说，"我们的约定算是完成了一半，等以后你的小说出版了，也要给我寄亲笔签名书。"

"你等着！"江夏哼哼，"以后我的书销量肯定比你高，所有人都会知道我的名字！"

"我等着。"谢冉笑，"我相信你。"

他微微抬头，看向窗外。玻璃窗外是北京的夏天，到处种满高大的槐树，蝉鸣在群山之间回响。

此刻漫山花开，随风倾落如雪。

夏天来了又去,秋天过后,就又是冬天了。

分开近一年的时间里,江夏已经习惯了谢冉不在的日子,她独自一个人住在出租屋里,读书、写作、养猫。

但是她并不孤独,系里的老师都很喜欢她,她和朋友们的关系也很好,周末和假期常常出去聚餐和唱歌。

大家都知道她在校外租了房,还养了一只可爱的猫,于是经常向她要暹罗猫的照片,之前见面了也假装不认识的前室友许佳允,又渐渐尝试着重新和她做朋友。

她的生活过得忙碌又充实,大二结束那年,她当选为新闻部部长,逐渐学会管理部门和独立策划专题。

在茄子老师和编辑老妖创办的杂志上,她结束了长达两年的长篇连载,开始尝试一些构思精巧的、更有难度的短篇写作。

只有在傍晚,落地窗边日落降临时,她才会从笔记本电脑屏幕前抬起头,突然很想知道谢冉此刻在做什么、有没有好好睡觉。

入冬后不久,从北京传来消息,谢冉的一部短篇小说拿了科幻星河奖的特等奖,那是国内科幻小说界最高的荣誉之一,而他是获奖者里最年轻的一位。

评论家们在报刊上激动地说,他那么年轻又那么有才华,是国内科幻界的一颗新星,假以时日也许能走出国门、让世界看到中文科幻的魅力。

听到这个消息的那天，江夏刚考完期末最后一门考试，收到编辑老妖群发的报喜短信，站在教学楼门口给谢冉打电话。

回铃音还在听筒里响着，她忽然听见声音抬起头。

一片雪花翩翩悠悠地从天空落下，停留在面前的半空中，紧接着是第二片、第三片、第四片……无数雪花从天上落下，落在屋顶上、树枝上、路面上，映在路灯的光里是闪闪发光的莹白。

初雪来了。

学生们欢呼雀跃着从楼道里涌出来，有人兴高采烈地在积着雪的草地上画画，有人大呼小叫地伸手去接落雪。寒假开始的第一天落下初雪，好像一场盛大的庆祝仪式。

手机听筒里的回铃音断了，江夏在人群中看见一个人。她抓起帆布包，拨开人群热切地朝他跑去，停在路灯下踮起脚，仰着头笑起来。

男生站在路灯下，穿着高领毛衣和浅色羊毛大衣，发梢上落着雪。

"江夏，"他在漫天的雪里笑着说，"我回来了。"

话音未落，他怔了一下。

面前的女孩猛地撞进他的怀里，把额头抵在他的胸口。

"谢冉，"江夏说，不管不顾地抱住他，"我好想你。"

"我知道。"谢冉低声说，"我也是。"

他伸手把她抱进怀里，微微低头，轻轻揉了揉她的头发。

男生身上薄荷味的气息和淡淡的草木香传到鼻尖，带着清冽干净的积雪气味。直到这一刻，强烈的思念才突然有了实感，变得如此难以抑制。

两个人站在积雪的路灯下长久地拥抱，直到飘雪落满他们的肩头。

"别着凉了。"谢冉低声说，轻轻拨去沾在她发间的雪花。

江夏从他怀里钻出来，也伸手去摘他发梢上的落雪，他低下头让她碰到自己的头顶，她突然踮起脚摸了摸他的头发。

"你好像瘦了。"她轻声说。

"是吗。"谢冉笑了笑，看了她一会儿，悄声说，"你好像长高了。"

"哪有啦，我是穿了带跟的靴子。"江夏抬起一只脚，把羊皮小靴子给他看，"我现在也是会穿高跟鞋的人了。"

谢冉低头看见她漂亮的、纤细的脚踝，踩着棕色的小羊皮高跟靴，白色袜子卷起，上面是大摆的花苞裙、羊毛大衣和厚厚的白围巾。

"很漂亮。"他笑着说。

"我读了你的每篇小说。"江夏低声说,这时候两个人已经肩并肩往校外走,踩着路面的积雪,"你的写作方式太耗费心力了……这样下去你会撑不住的。"

"还好。"谢冉笑了笑,换了话题,"后天你有空吗?请大家过来吃饭。"

"白天有个学生会活动,晚上有空的。"江夏转过头,弯着眼睛笑着看他,"谢冉,你居然会请人到家里吃饭?"

"老妖逼迫的。"谢冉轻轻摇着头,有些无奈地笑,"他说我要请客吃饭,再说大家也很久没聚了。"

两个人说着话,就走进了单元楼,江夏从帆布包里掏出钥匙开了门,谢冉站在门口拍落肩头的雪,脱下大衣随手放在玄关处的衣架上。

江夏回过头看他,他真的清减了好多,毛衣穿着有些宽松,袖口微微卷起,露出一截苍白瘦削的腕骨,于是她记起抱着他的时候,他的身体和骨骼的触感。

她心里轻轻疼了一下,像有一片极薄的小刀划过。

"谢冉,你是不是没有好好吃饭?怎么瘦了这么多啊。"她伸出手,捏了捏他的指尖。大约因为外面下雪,他的手很凉,她轻轻捏着,想把他的手焐热一点。

"北京的食物我不太习惯。"谢冉依然笑着,任她抓着自己的手。她掌心的温度传递到他的指尖,他无声地闭了下眼睛,感觉到那温暖。

"那回来了要多吃一点。"江夏仰起脸看着他笑,"我要把你喂胖。"

"好。"谢冉也笑。

这时候,屋里的暹罗猫喵了一声,跳出来,蹿到窗台上居高临下地看过来。

"还认得我吗?"谢冉在窗台前弯下身,和猫对视,伸出一只手试着摸它的脑袋。

紧接着,他轻轻吸了口气——暹罗猫狠狠咬了他一口,咬完以后,又凶巴巴地瞪了他一眼,踩着窗台跳到他的头顶,力道之大差点把他放倒。

"它想你了。"江夏笑了,"一年不回来,暹罗猫生气了。"

"对不起,我错了。"男生头顶着猫,向它认真道歉,"以后都陪着你。"

"不过你好像又胖了。"他抬起头,和它眼对眼,"你快下来,我撑不住了。"

暹罗猫哼了一声,从他的头顶跳下来,倨傲地转身离开。他揉着头发,垂眸笑了笑,站在屋里看了一圈,发现江夏把房子布置得很漂亮：厨房擦洗得干净整洁，阳台上种了绿萝，客厅的落地窗边挂着星星灯，一片窗明几净。

"后天请客吃什么？"女孩在他身后探出头，眉眼弯弯地笑。

"吃火锅吧，"他想了想，"不用做饭。"

两天之后的下午，江夏拎着云朵单肩包从外面回来的时候，出租屋里已经挤满了人。

因为嫌弃谢冉的厨艺，茄子老师承包了整个厨房，正热火朝天地指挥着闻法师和诗人柳夏帮工。

谢冉和年祈坐在落地窗边，低声讨论着年祈申博的研究计划。

"自柏格森以来，哲学家们一直在质疑这种把时间理解为'生理学意义上的生命寓于其中的一种空虚形式'的做法。"谢冉微微点头。

"本雅明认为，"年祈思索着，"时间有三个维度：过去的现在，现在的现在，和将来的现在，每一个现在都是无可比拟的、断裂的时刻，而不是连接着过去与将来的简单过渡。"

谢冉轻声复述："'人类为实现自己的梦想而在过去所做的一切尝试，即便归于失败，或者从集体记忆中被抹去，那它们也充满着一种持续放射出光芒,直至我们当下时刻的弥赛亚气息。'"

"哇,你们聚餐的时候还讨论这么严肃的学术问题?"江夏在他们之间探出个头来。

"老年发起的。"谢冉指了指年祈,"这家伙第一年申博失败了,正在重写整个研究计划。"

"老年你居然会申博失败?"江夏难以置信地眨了眨眼睛,"你的毕业论文拿了校级优秀哎!"

"因为他只申请了慕尼黑大学一所学校,被拒了就失败了。"谢冉懒洋洋地揭人短,"他暗恋的学妹就在慕尼黑,谁知道他去德国留学是不是为了追女孩。"

"我的天呐,大角,你闭嘴不要乱说话。"年祈瞪他,"我和学妹都几年没联系了,我是为了前往德国的知名学府进修!"

"你说得对。"谢冉笑,"某人为了考进德文系,从工学院零基础跨考,花了一整年背完了一本《浮士德》……"

"夏天妹妹!"年祈大喊,"去把他的嘴堵上!"

江夏扑哧一声笑了,飞快地往谢冉的嘴里塞了一块黑麦面包,他被噎了一下,咳着说不出话,有些愤愤地看向她。

"小夏天干得好。"茄子老师端着一盘切好的水果进来,

"就该治一治他这个毒舌的毛病。"

楼道外突然传来两个人吵架的声音。

"说了定价十五块就是十五块,说了不涨价就是不涨价!"一个人激烈地高声说,"我们的读者大多是学生,没有多少零花钱来买杂志!"

"老妖,这笔账我跟你算过很多遍了!"另一个人声音低沉但也很强硬,"再这样下去就是亏本,亏本了,杂志就办不下去!"

"亏本就亏本!"第一个人几乎是拍着栏杆在吼,"一分一毫我都不让步,答应了读者的事就要做到!"

"我是在跟你谈钱,不是谈梦想!"另一个人的声音更大。

"是老妖和洛时。"茄子老师朝外面看了一眼,叹了口气,压低声音,"他们最近因为账务的事经常吵架。"

她放下果盘起身,把编辑老妖和杂志经理洛时领进门,低声对他们说了句:"今天别吵架,聚餐是为了庆祝大角拿奖。"

"吃火锅啦,吃火锅啦!"她拍拍手,换上灿烂的笑容。闻法师和诗人柳夏一起把一个很大的电火锅搬到客厅。洛时看了一眼老妖,不再吵架,两个人去厨房帮忙取碗筷。

客厅里很快挤满了人,大家都坐在地板上,中间的小桌板上摆着鸳鸯火锅，汤水咕嘟嘟地冒着泡，在冬日的玻璃窗上涂抹白色热气。

茄子老师一边往锅里放娃娃菜，一边抬头对谢冉开玩笑："大角，你要知道我们全屋子的人为了你一个专门弄了个清汤锅。"

谢冉正在给身边的江夏盛汤，头也不抬地把矛头指向隔壁座，试图拉个人下水："闻法师不是上海本地人吗？他也不能吃辣。"

闻法师恰好给自己舀了一大块麻辣牛肉，随口顺着谢冉的话，憨厚老实地接道："对。"然后一口就把麻辣牛肉吃掉了，一边吃一边赞美地点头。

一屋子人全笑趴下了，谢冉瘫着脸装没看见。

最后诗人柳夏决定替谢冉解围，他温和地笑着提议："我们一起看部电影吧？"

"看什么呢？"江夏歪着头。

"我提议！"年祈举起手，"每年圣诞节前都应该看《真爱至上》！"

于是一群人边吃火锅边挤在小小的笔记本电脑前，看着屏幕上播放着热闹非凡的圣诞音乐。

电影里失意的年轻英国作家在山间写作时爱上了一个

葡萄牙女孩，两个人却因为语言不通而无法交流，每次对话都是一个人说英语，一个人说葡语，牛头不对马嘴。

葡萄牙语响起的时候，底下滚动的字幕消失了，屏幕前的全员都没了声音。

"他们在说什么？"年祈挠着头盯着屏幕，"这字幕老师是不会翻译葡萄牙语吗……"

一屋子人面面相觑了一阵，最后坐在中间的男生轻咳一声，开始为众人翻译："'美丽的艾莉亚，我是来请你嫁给我。我知道你一定觉得我疯了，不过有时候爱情是没有道理的，不需要任何理由。'"

顿了一下，他垂眸笑了笑，轻声说："他说，'我爱你'。"

"大角老师，你好厉害！"江夏啪啪鼓掌，偏过头看他，"你居然会葡萄牙语！"

"一点点，"谢冉笑着说，"葡语和西语比较像。"

"谢冉同学，你还会什么语言？"江夏举起一只手，握拳递到他面前，假装自己是记者，有板有眼地采访他。

"法语和意大利语也会一点。"谢冉想了想，说，"古希腊语和拉丁语的话能认几个句子……欧陆的语言都比较相似，不过我学得不太好。"

"你刚刚直接同声翻译哎！"江夏瞪他，"你管这个叫学得不太好？"

"别理那家伙。"年祈冷哼一声,"他是不是跟你说他专业学得不好?其实论文都发表了几篇,导师问他要不要继续做研究。"

"然后呢?"江夏眨眨眼睛。

"他拒绝了,他说他想写科幻小说。"年祈说完,骂了句,"想想我就觉得不平衡……大角,你过来罚酒!"

一群人看完电影,又围在一起喝酒聊天。他们喝的酒是年祈带来的德国黑啤,放在装满冰块的冰桶里,用大号玻璃马克杯盛出来,散发着烘烤麦芽和黑咖啡的香气。

深夜里,大家都很高兴,开始有一搭没一搭地用转盘玩真心话大冒险。

诗人柳夏被劝着一口气喝了一大杯酒;编辑老妖和经理洛时在茄子老师的撺掇下握手言和;闻法师给大家当场现编了好几个鬼故事。

江夏捧着大号马克杯小口地喝着黑啤,身边的男生坐在人群里轻轻地笑着。她有点醉了,不太说话,偶尔说话的时候声音也很轻,朦朦胧胧地带着点醉意。

转盘上的指针转了一大圈,最后转到谢冉这里。

年祈一把抓过真心话转盘,决心趁机坑一坑喝醉的好友,他卷了个纸筒装作话筒,对着谢冉一脸八卦地提问:"大角请回答,你有没有喜欢的女孩?"

这是为了扳回上一局谢冉让他说出那个他暗恋的学妹的名字。

江夏歪过头去看身边的男生，男生捧着玻璃马克杯，没喝酒，看起来却醉得有些懒洋洋的，遍身笼着淡淡的酒意。他低头笑了一下，握着马克杯的手指动了动。

他说："有。"

Chapter 11

谢冉，别走

> 大角是一颗恒星，
> 是牧夫座最亮的星星。

摇曳晃动的灯光里，江夏感觉自己的心跳漏了一拍。

满屋子的人同时静了一下，所有人似乎都知道他说的是谁。年祈没再追问，谢冉也没再说话。他看起来实在有些醉了，靠在懒人沙发里闭上眼睛，偏过头慢慢睡着了。

一群人还是继续喝酒、聊天、玩游戏，但是笑闹声稍微压低了一些。江夏把那个盛着酒的马克杯从谢冉手里拿走，然后去房间里抱了一床厚被子出来，轻轻盖在他的身上。

他渐渐地沉睡，微微侧着脸，呼吸声很浅，几乎听不见。

江夏为他掖了掖被角，把被子拉到他的下巴处，手指碰到他有些冰凉的肌肤，掌心贴了一下他的脸颊。

玻璃窗外还在簌簌落雪，寂静的光落在他的头发上，衬得他睡着的模样很安静。

编辑老妖经过的时候低声说了句："累坏了吧？一年多都没怎么好好休息。前段时间他几乎没睡过觉，活动一结束就匆匆忙忙坐飞机赶回来。"

"他睡不好吗？"江夏轻声问。

"这一年来他睡眠质量越来越差，这件事我们好几个编辑都知道。"老妖低低叹了口气，"像这样喝点酒，周围有些轻微响动，反而能睡得着，就让他这么睡会儿吧。"

江夏伸出手，捏了捏睡熟的男生的指尖，感觉到他的手还是很冷，她轻轻揉着他的掌心，暹罗猫钻进他的被子里，把温热的肚子贴在他身上，他的身体慢慢地暖和起来。

夜渐渐深了，雪也停了，星星从云间露出来，把光芒洒落在木地板上。

一群人终于玩累了，茄子老师指挥着大家收拾碗筷、打扫卫生，屋里很快又恢复了窗明几净。

大家准备离开的时候，谢冉醒了。

他换了件羊毛大衣，和江夏一起送朋友们去公交站。朋友们都说不用送，谢冉笑了一下，说和大家一起散步，就当是醒醒酒。

于是一群人在下过雪的街道上笑着走过,一边说话一边谈笑打闹。

茄子老师扯着闻法师走在最前面,老妖和洛时走在中间激烈地讨论着杂志的事务,柳夏和年祈跟在后面聊着有关现代诗的话题。

谢冉和江夏走在最后面,随意地听着他们的对话。

每到一个站台,朋友们一个接一个地向四面八方散去。

走到最后,只剩下他们两个人肩并肩地走。

积雪的道路上,两个人走了很远很远,路灯把他们的影子拖得很长,脚步印在雪地上长长的一串,仿佛永远走不到尽头。

江夏深一脚浅一脚地踩着雪,转过头去看身边的男生,他把手插在大衣口袋里,微微仰头看着天空,路灯的光映着雪落在他的侧脸上。

"今年冬天好冷啊。"江夏一边说一边跳着脚,不断地往掌心哈气取暖。她出门穿少了,喝酒后的暖意退去,就冷得直跺脚。

看见她冷得打战的模样,谢冉想了一下,把羊毛围巾摘下来,一圈圈绕在她的脖子上。

女孩乖巧地抬着头,让他替自己系围巾,男生的手指有些笨拙地经过,一不小心就把她的整张脸都包裹住,毛

199

茸茸的围巾一直盖过小巧的鼻尖，只露出一双漂亮的眼睛。

"谢冉，你真笨啊。"她半开玩笑地埋怨他，把脸埋在厚厚的围巾里。

羊毛围巾上还残留着一点男生的体温，沾着他身上的好闻气味，她把双手都拢进围巾里，一边轻轻打哆嗦，一边借他的体温取暖。

"还是冷吗？"谢冉转过身，似乎犹豫了一下，伸手握住她的手。

男生的手放在大衣口袋里暖了很久，是温热的，一下子包裹住她的双手，她微微抬起头，看见面前的男生专注而认真地捧着她的双手，一点点地把她的掌心焐暖。

一束路灯的光自上方打下，落在他们之间的雪地上。

"你不介意的话……"男生忽而偏过头，不看她的眼睛，"可以把手放在我的大衣口袋里取暖。"

"嗯！"江夏用力点头，"我不介意。"

两个人肩并肩继续往前走，头顶上方是风吹落枝头簌簌的雪。女孩把手放进男生的大衣口袋里，他们的手指在里面悄悄交握。

"等到夏天的时候，这条路上就满是萤火虫了。"江夏踩着马路牙子一蹦一跳地走，"去年都没有来得及带你来看，今年一定要一起。"

"冬天的萤火虫是天上的星星。"谢冉踩着雪走在她的身边，牵紧她的手，怕她摔倒。

"江夏，"他说，"抬头看，星星。"

这一次他说的不是城市的星星，而是头顶上方漫天不灭的星群。

冬日寂静的夜晚，城市的灯火都熄灭了，群星在夜幕中闪烁，银河仿佛一条薄纱般的光带，在高天之上朦胧地、近乎永恒地闪着光。

江夏悄悄地回过头，身边男生的面庞映在星辰的光芒里，风吹起他的发梢，他抬起手，指尖接住一片坠落的雪，仰头望着天上的银河。

她忽然产生一种强烈的、想要亲吻他的冲动。

那个冬天，江夏格外忙碌，因为她即将面临实习、工作，以及是否要保研等问题。

考完试后，她跟老师一起去北方一个小村庄进行社会实践活动，谢冉拉着行李箱送她去高铁站，两个人站在火车进站口道别。

拥挤的检票口前，江夏转过身，一边从谢冉手里接过行李箱，一边说："跨年之前我就回来啦。"

她穿着浅色短款羽绒服、格子呢小短裙，还有咖色的羊毛长袜，挎着一个很大的帆布包，看起来好像动画片里的快乐小熊。

谢冉看着她，笑了一下，说："等你回来。"

江夏仰起脸看了他一会儿，突然歪着头笑："抱一下。"

男生怔了一下，还没反应过来，面前的女孩伸出双手踮起脚抱他。人群中，他下意识地回抱住她，微微低头，感觉到她轻轻地环着他的身体比画了一下。

"你要多吃点饭，也要好好睡觉。"她把脸埋进他的怀里，传出来的声音有点闷，"我回来的时候要检查，你必须比现在胖一圈才算及格。"

谢冉轻轻笑了："好。"

"那我走啦，记得我们除夕要一起看烟花哦！"江夏拉着行李箱走进火车站，回过头冲他招手，"到时候我有件很重要的事要跟你讲！"

"什么事？"谢冉歪了下头。

"秘密。"车站里的女孩狡黠地笑了一下，转身走进熙熙攘攘的人流里。

男生站在原地望着她的背影，直到她的身影完全没入人群中消失不见，他却始终都没有离开。

江夏去的是北方一个偏僻的农村，村子外都是积雪的山，更远处是数不尽的麦田。

村子里的信号很差，没法和谢冉通话，她干脆关掉用不上的手机，只偶尔在周末放晴的时候搭牛车去县城的网吧，敲着已经褪色的键盘，连上网线和他用QQ进行对话，就像回到从前念高中的那些日子。

江夏告诉谢冉许多有关北方冬天的趣事，比如堆在屋外的玉米棒子、炕头和炕尾的区别、吃冻梨的三种方法，还有晾衣服的时候，把洗干净的衣服挂在室外一夜，第二天拍一拍就干了。

谢冉每次上线就会一句句地回她消息，但是她能用电脑的时间太少了，以至于她没能注意到，他回复的时间间隔越来越长，回复的文字也越来越短。

渐渐地，那个暹罗猫猫头再也没有亮起来。

临近元旦，江夏结束了社会实践考察，和老师一起坐绿皮火车回上海。

火车穿过山间隧道之后很快有了信号，她打开手机查看收件箱里的短信，发现谢冉已经很久没有给她发过消息了，而最新一条留言来自年祈。

年祈在短信里写："夏天，急事，看到短信回我电话。"

江夏慌了一下，急忙点开通讯录拨过去，回铃音嘟嘟响了几声，年祈接了电话，听声音他那边的环境很嘈杂，还伴着隐隐约约的广播声。

"夏天？"年祈的声音很急切，"我现在在机场，马上要登机了，飞德国法兰克福，只有几分钟跟你讲话。"

"出什么事了？"江夏紧张地问。

"编辑部出事了。"年祈急促地说，"老妖和洛时决裂了，洛时带着账目和资金南下走了，邮件不回，电话也不接，和所有人断了联系。"

"所有重要的账单都在洛时那里，他一走杂志就只能停刊。"他说话的声音变得很低，"老妖和茄子互相指责，所有人都在吵架，闻法师气得高血压，柳夏老师直接离开了……"

"杂志办不下去了。"最后他说。

"谢冉呢？"江夏问。

"夏天，"年祈低声说，"谢冉的状况很不好。"

"他怎么了？"

"我答应过他不告诉任何人。"年祈压低声音，"具体情况其实我不是特别清楚，但是我知道他身体状况非常糟糕……那天所有人大吵一架，他靠在窗边一直没说话，第二天早上他去了一趟医院。"

"那之后我只见过他一次，他的状态看起来非常差。"听筒那边响起登机的广播音，年祈飞快地把话说完，"我已经联系不上他了，只能拜托你去找他。"

"我知道了。"江夏说，随后，那边挂断了电话。

江夏打开手机通讯录，点到最上面的那个名字，给那个人打电话。他对她说过，只要他听到她的电话就一定会接。

回铃音响了，一遍又一遍，江夏坐在绿皮火车上打电话打到手机没电。窗外是一望无际的堆雪的原野，广阔的天幕一寸寸变成深蓝，最后变成完全的漆黑。

此时，深夜的出租屋里，穿白衬衫的年轻男生躺在地板上，安静地一动不动。

他微微侧着头，额发垂落下来遮住了眼睛。

落地窗边，暹罗猫用鼻尖轻轻蹭着他的手指，把爪子放在他张开的掌心，他的周围是乱七八糟的稿纸和半打开的笔记本电脑，老式按键手机落在他的手边，屏幕还在静静发亮。

手机铃声一遍又一遍地响。

火车到站的时候是次日傍晚。

江夏在出站口和老师道了别，便急匆匆地拉着行李箱打车回老小区的出租屋。

正值晚高峰时期，一路上车辆川流不息，到处都在堵车，鸣笛声乱糟糟地响成一片。大雪下了一整天，高架路上撒了化雪的盐，路面上还残留着余雪。

江夏向司机借了充电线给手机充电，又给谢冉打电话，但始终没有接通。

年祈已经在飞往德国的飞机上了，茄子老师和编辑老妖关了机，在冷战，其他人更是联系不上。

下了出租车，江夏提着行李箱就往楼上冲。

门吱呀一声打开了，她把帆布包丢在门口就往里走，暹罗猫钻出来咬着她的裙角，拉着她朝客厅的方向去。

落地窗边，穿白衬衫的男生在地板上无声无息地躺着，头发微微凌乱垂落在脸侧，手边的笔记本电脑和老式按键手机都已经没了电，猫踩过满地的稿纸，轻轻去蹭他的下巴。

"谢冉？"江夏匆匆在他身边蹲下，伸手拨开他额前的乱发，掌心贴在他冰凉的脸颊上，"谢冉，你怎么了？"

没有回答，身边的男生闭着眼睛一动不动，呼吸声轻得近乎听不见。

她有些慌了，手忙脚乱地一边俯身凑近摸他的心跳，一边翻出手机拨打120，回铃音嘟嘟响了两声，男生忽然低低地咳嗽了一声。

"江夏？"他轻声说道，声音有些沙哑，仍闭着眼睛。

"谢冉，你吓死我了。"江夏紧紧握住他的手，"你哪里不舒服吗？"

"抱歉……吓到你了吗？"他的声音还是很轻、很虚弱，"我只是睡着了。"

江夏摁断了电话，把手机扔到旁边，伸出双手小心地扶起他。他慢慢地坐起来，无力地倚靠在她身上，她听见他的呼吸里带着些许喘息。

"谢冉……"她低声问，"你怎么了？"

"头痛。"他轻声说。

头痛欲裂。

"抱歉。"片刻后，他又轻声说，"可以让我靠一会儿吗？"

江夏不说话，只是用力地抱住他。他缓缓地闭上眼睛，把下巴搁在她的肩窝里。她把大衣脱下来，将两个人一起罩住，感觉到他的身体在微微发颤。

冬日的窗外，簌簌雪落，鸟雀踩过梧桐枝丫，白色稿纸散乱一地，屋里的两个人安静地拥抱，穿白衬衫的男生倚在女孩肩头，轻轻地闭着眼睛。

良久，他微微垂下头，手指无声滑落身侧，不动了。

"谢冉？"江夏悄声喊他。

他没回答，她侧过脸，看见他低垂的眼睫，末梢的间隙里缀着光。

她抱着他，鼻尖凑近他的脸颊，仔细探听他的呼吸，确定他只是昏睡过去了。

于是她小心翼翼地扶着他躺到床上，为他掖好被子，坐在他的床边看着他。他的面庞映在积雪的光里，苍白得近乎半透明，她伸出手，指尖划过他冰凉的嘴唇。

然后她俯身下去，轻轻地抱住他，把脸颊贴在他的胸口，倾听他微弱的、迟缓的心跳，一声又一声，太轻了，不够有力。

"谢冉……"她轻声说，"你怎么又瘦了啊……"

第二天醒来的时候，男生在冬日的晨光里睁开眼，偏过头看见女孩趴在他的床边，乖巧地睡着了。阳光落在她的头发上，照得每一根发丝都柔软而明亮。

似乎是察觉到动静，她从胳膊肘里抬起头，眨了一下眼睛，看见他醒来，她歪着头笑了："你醒啦。"

"你看，"她笑着说，"我在这里。"

冬日清晨的光打着旋儿停留在她的发顶，女孩的笑容明亮而粲然，嘴角有一个很浅的梨涡，像是早春明媚的一抹新柳。

他怔了一下，然后也轻轻地笑了："早上好。"

"早上好。"江夏伸了个懒腰，支起下巴看着他，语气有些埋怨,"昨天你那副样子吓死人了。"

"对不起……"他低声说。

话还没说完,她突然倾身过来,和他轻轻贴了一下。女孩柔软而温暖的肌肤触碰到他的脸颊,他怔住了,很慢地眨了一下眼睛。

"没发烧。"她自顾自地摇头,伸手点了下他的额心,严肃地向他指出,"以后不可以在地板上睡着了,很容易生病发烧的。"

"好。"他笑了一下。

他想从床上坐起身,突然又闭了下眼,一只手用力按住后脑勺,背抵着墙倚靠在床头,难以抑制地微微喘息着,胸口因为急促呼吸而剧烈起伏。

"怎么又头痛了?"江夏紧张起来,"要不要去看医生?"

谢冉微微摇头,倚靠在墙边闭了一会儿眼,轻声说:"看过医生了。"

"医生是怎么说的?"江夏担忧地问。

谢冉没有回答,只是轻轻摇了摇头。江夏还想追问下去,可是他闭上眼睛靠在墙边,歪了下头又睡着了。于是她无声地叹了口气,把被子拉到他身上盖好,转身去厨房准备早餐。

厨房的台面上搁着几个即食面条包装盒,冰箱里放了包拆到一半的速冻水饺，抽屉里还有一袋没开的黑麦面包，除此之外什么吃的也没有。

以此推断，屋主人有着极为糟糕的饮食习惯，而且很可能几乎不出门。

暹罗猫跳到窗台上，歪着头看过来，江夏摸了摸它的脑袋，小声抱怨："你主人怎么把日子过成这样啊？太差劲了。"

暹罗猫喵了一声表示同意。

江夏咬了块黑麦面包，出门去超市买新鲜牛奶和蔬菜水果，当她抱着大袋子回来的时候，发现谢冉已经醒了。他站在门口接过她怀里的袋子，又去厨房给两个人做饭。

灶台上的锅咕嘟咕嘟冒着泡，男生握着汤勺慢慢地搅动汤水，他微微打着哈欠，头发有些凌乱地垂下来。

江夏站在他背后，踮起脚伸手拨开他额前的碎发，然后突然给他套上了一件格子围裙。

他愣了一下，歪着头看过来，她笑眯眯地仰起脸。这时候，暹罗猫从窗台上起跳，降落在洗手池里，撞飞了一大盆娃娃菜，弄得两个人手忙脚乱地去捡。

最后谢冉冷着脸拎起猫丢了出去，江夏抱着肚子在他背后笑个不停，他回过头看着她，也轻轻地笑了，伸手摘掉落在她头发上的叶子。

要是可以一直这样生活下去就好了——那一刻,她想。

可是紧接着厨房里咣当一响,男生松开手里的汤勺,踉跄着跌坐下去。

他靠在墙边慢慢闭上眼睛,身体因为剧烈的疼痛而微微发颤。

那段日子里,谢冉的身体状况差到了极点。

他头疼得很厉害,几乎时时刻刻都在痛,时好时坏,断断续续,但从来没有完全好过。

他根本没办法正常入眠,只能在疼痛的间隙里睡觉,深夜时分被痛醒,又因为痛得失去力气而昏睡过去。

他吃很多种药,隔几天就去一次医院。江夏问过他具体的情况,但他从来不回答,到最后她也不再问了,只是在他痛得难以自抑的时候紧紧抱着他,直到他垂着头倚靠在她身上睡着。

状态好一些的时候,谢冉会深夜坐在落地窗边修改小说稿件,一直坐到次日清晨才起身去厨房为江夏准备早餐。那时江夏才知道,他的很多小说稿都是在忍受疼痛的情况下完成的。那些夜深人静的夜晚,他独自在强烈的痛苦中写作。

很快到了跨年的时候。江夏白天要去聚餐，离开之前，她轻轻推开对面的房门，看见男生侧躺在床上还在睡，呼吸声很浅但很平稳，她稍微放心了一些，帮他掖了掖被子才出了门。

她想着晚上要尽早从聚会上赶回来，还要去超市买跨年夜要吃的年糕和汤圆。然而，那天傍晚，她在地铁上突然接到了编辑老妖的电话。

"元旦快乐。"江夏笑着问，"老妖编编，你和茄子老师不冷战了？"

听筒对面半天没说话，最后响起的嗓音低沉而沙哑。江夏第一次听见编辑老妖这么疲倦，她怔了一下，下意识地攥紧了手机。

"我刚刚收到消息，"编辑老妖低声说，"柳夏老师去世了。"

声音传来以后，江夏反应了好久，才逐字逐句理解这句话的意思。

披一件洗得发旧的外套、总是腼腆地微笑着的诗人柳夏，每次聚会的时候都要从市区外很远的地方赶过来，经常在大家因为什么事吵起来的时候温和地劝架。

"什么？"她的声音颤抖着。

"柳夏老师是在今天中午去世的。"编辑老妖低声说，

"他上班的工厂在郊外,今天元旦放假,员工宿舍楼里面一个人都没有,他就从十楼的高台上跳了下去……"

"怎么会……"江夏喃喃地说。

"柳夏老师一个人生活,在这边没有亲人,我和茄子是下午赶到的,到的时候已经确定抢救无效了,我们在帮忙处理后事……"老妖的嗓音极度疲惫。

"夏天……"他又说,"我们赶到的时候,大角已经在那里了。"

江夏心猛地坠了一下。

"柳夏老师跳下去的时候,大角刚刚赶到楼顶。"听筒里的声音低低地说,"他看见了。"

"他……"江夏几乎听不见自己的声音,"他现在在你们那里吗?"

"他不在。"编辑老妖低声说,"在警察局做完笔录他就走了,再后来我们打电话给他,他的手机是关机的……"

江夏挂断了电话就从地铁站里挤出来,冲到地铁口在路边招手拦出租车。

她一边催促司机尽快开车,一边不停地按拨号键给谢冉,可是就像编辑老妖说的那样,他的手机是关机的。

无论拨打多少次,都只听到冰冷的语音提示:"您拨打的电话已关机……"

出租车停在老小区门口，江夏抓起单肩包冲上单元楼，打开入户门，暹罗猫在窗台上探头，客厅里没有人，房间里也没有人。

那个人不在。

"谢冉……"她一遍遍地念着他的名字，"谢冉，你在哪里……"

突然她想起来什么，抓了件他的大衣跑出门去。她穿过人来人往的老小区，赶到附近一栋废弃的大楼前，踩着微微褪色的台阶登上楼顶，最后推开通往天台的铁门。

无边的风从背后汩汩涌来，卷过空旷辽阔的天台，吹起地面上的积雪，穿白衬衫的男生坐在天台边缘，安静地凝望着星空。

"听说人死了会变成星星。"他仰起头，轻声说话，不知道是在对谁，"大角是一颗恒星，是牧夫座最亮的星星。"

江夏没有回答，她一步一步走过去，从背后抱住了他。

"谢冉。"

"别走。"

Chapter 12
我喜欢你

> 一起看过漫天的烟花,
> 烟花落尽,就当我们共度了一生。

那个冬日的夜晚,头顶上方的天空有好多星星。

好多风从四面八方涌来,吹起他们的衣袂和发丝。

女孩踮起脚站在男生身后,恰好比他高一点儿。他回头仰起脸,迎上她明亮的眼瞳。

然后她轻轻地捧住他的脸。

"谢冉……"江夏低下头,凝视他的眼睛,他的眸光微微颤动,流露出一抹目睹过死亡之后难以抑制的伤痛。

"有时候我会回忆起以前的事。"江夏轻声说,"刚认识你的时候,我觉得自己是被爸爸妈妈抛弃的小孩。"

"后来我想,"她顿了下,笑了笑,"虽然觉得他们作为父母不及格,但我还是很感谢他们把我生下来。"

"以前经常想，要是没有出生就好了……"

"可是现在，"她笑着说，"我很高兴来到了这个人世间。"

"很高兴认识你，还有最好的大家。"

谢冉垂下眼帘，轻轻笑了一下，然后说："我也是。"

江夏揉了揉他的头发，坐在他身边。她看见他穿得太单薄，就摘下围巾绕在他的脖子上，又把羊毛大衣披在他的肩上，最后靠在他怀里，和他一起取暖。

谢冉伸手轻轻地揽住她，和她一起遥望着远方的星星。冬日寂静的夜晚，城市的星星和天上的星星同时升起，交相辉映，犹如彼此的永恒不灭的倒影。

"我很想念柳夏老师。"江夏低低地说，"他邀请我去过他的宿舍，给我看他收藏的书和他手写的诗稿，还送了我一本很旧的海子诗集。"

"明天各大报刊的头版就会刊登：诗人柳夏离世。"谢冉轻声说，"文学评论家们会开始讨论他诗里的隐喻，记者们会去拍摄他租住的宿舍、他工作的工厂、他生活过的地方……"

"我们都会记得他的诗的。"江夏认真地说。

两个人坐在一起望着漫天的星辰，静静地缅怀着逝去的朋友。下方的城市灯火一盏又一盏地亮了，好像在召唤那些迷了路的魂灵归家。

"江夏,"谢冉忽然说,"还记得我以前跟你说过,难过的时候就唱歌吗?"

"我记得。"江夏点点头。

"我想听你唱歌了。"谢冉说。

女孩笑了一下,摇晃着双脚,开始轻轻地哼唱。她的歌声摇曳着响在下雪后的夜晚,轻盈又空灵,低吟浅唱,像是夏末的微风打着旋儿吹走所有悲伤。

男生似乎困了,他轻轻闭上眼睛,把下巴搁在她的肩头。她转过脸,看见他手边放着的那几个空玻璃瓶,知道他是因为喝了不少酒而有些醉了。

"谢冉,我突然想到一件事。"她低声问,"我高三那年,我们定了一个约定,你答应和我见面。那天我们说话的时候,你是不是就坐在这里?"

谢冉怔了一下,轻声回答:"是。"

"如果那天……"江夏闭了下眼睛,"我们没有定那个约定,你是不是已经不在了?"

谢冉没回答。

江夏没有看他,而是望着城市的灯火,很轻地问:"你是不是有不想走的理由了?"

身边的男生仰头望着天空,片刻后,轻声说:"有啊。"

"因为我忽然对这个人世间……"他轻轻笑了一下,"有了眷恋。"

她回头看他,风卷起他们的发丝,交织到一起。

他在晚风里转过头,望着她的眼睛,温柔而安静地微笑着,似乎想要开口,但最终什么也没有说。

那之后不久,朋友们参加了诗人柳夏的葬礼。

葬礼那天下了大雪,杂志的前经理洛时从南方回来了,在纷扬的大雪里,他和编辑老妖面对面站了一会儿,突然给了对方一个很用力的拥抱。

"有时候觉得真是一件很傻的事……"茄子老师在他们旁边摇着头说,眼眶里盈着雾气,像是想哭又像是想笑,"怎么会为了涨那五块钱吵成这样的……"

下葬的那天,所有人都穿着黑色衣服,肃穆地站在雪地上,棺椁入土的时候,身边响起一声很轻的抽泣,是茄子老师。

江夏站在谢冉旁边,她起头看他的侧脸,他轻轻地闭着眼睛。

晚饭的时候大家一起吃火锅,景区附近的小洋房已经转租出去,他们去了附近一家热闹的火锅店。自从上次圣诞节前吃的那顿火锅后,一群人已经很久没有聚在一起吃饭了。

咕嘟咕嘟的热气和烧水的响声中，朋友们聊起柳夏老师以前和大家一起做过的事、看过的电影、听过的歌，他怎样温和地替人解围、对哪些人说过哪些有趣的话、他给每个朋友送过什么样的书。

寒冷的冬日夜晚，雾气缭绕的老房子里，偶尔有轻微的笑声响起，原来回忆起那位朋友时，大家的第一反应还是笑。

还有一个多月就是除夕了。

谢冉的身体状况时好时坏，有时候整夜睡不着觉，有时候能昏沉地睡一整天。

江夏偶尔会听见对面的房间里传来轻微的咳嗽声，推门进去时，男生倚靠在床头，半盖着一张绒毯，偏着头已经睡着了，散乱的衣领微微滑落，露出清晰而单薄的锁骨。

暹罗猫跳到床上舔舐他冰凉的手指，江夏端着一杯热水进来，把杯子搁在床头，然后仔细地为他盖好毯子。

除夕那天，谢冉的状态终于好转了。

他早上起来给江夏做了早餐，上午陪她一起去超市买饺子皮和肉馅，准备花一下午和她一起包饺子。

厨房里散发着淡淡的肉香，暹罗猫被关在门外嗷嗷叫，数不尽的阳光从窗外涌进来，照得室内一片明光。

搁在窗台上的手机屏幕亮了一下，江夏偏过头瞥了一眼，洗干净手，抓起手机往厨房外走，边走边说："谢冉，我去打个电话，你继续包饺子。"

厨房的门在背后关上，她走到自己房间里，带上门，拨打电话。

"夏天妹妹，新年快乐。"听筒那边是年祈打着哈欠的声音，"德国这边还是大清早呢，你有什么大事非要打越洋电话跟我说？"

"我有个问题要咨询你。"江夏想了一会儿，斟酌措辞，"是感情问题。"

"我一个母胎单身的人居然会被小学妹咨询感情问题？"年祈大惊，清醒了，坐直，"说说看是什么问题？"

"是这样的……"江夏靠在窗边慢慢地讲，"我有一个朋友，她喜欢一个男生很久了，她觉得那个男生也喜欢她，但是一直没有告白……"

年祈听她把话讲完，笑了："喜欢就表白啊。"

"哎？"江夏眨了下眼睛。

"有些话如果不说出来，这辈子就没机会了。"年祈笑了下又说，"别像我一样。"

他坐在单人宿舍里，抬起头，听见外面火车经过的轰隆声，想起毕业那天，他和暗恋的学妹肩并肩在学校外面的林荫道上慢慢走着，学妹总是悄悄地转头看他。

阳光透过浓密的树荫投在她的头发上，害羞的时候嘴角的梨涡会悄悄藏起来。告别的时候，学妹一直在等他开口。

她已经想好了，如果他开口，她就不去德国了，不去那个冬天很漫长、没有阳光的国度，她要留在这里，和他一起度过很多很多个夏天。

可是最后他什么都没有说。

"那，一路顺风哦。"年祈说，"学业顺利。"

"好呀。"学妹笑了笑，"学长，你也是哦。"

听完这个故事，江夏跳起来大声说："老年，你现在已经在德国了！去追！"

"好！"年祈也很大声，摩拳擦掌，势在必行。

顿了一下，他又忍不住笑了："夏天，你说的那个朋友就是你自己吧？你喜欢的男生就是大角吧？"

"你是真的不会撒谎，简直太明显了。"年祈坏笑，"你们两个快点表明心意吧，我们一群人看着都着急……"

"闭嘴，闭嘴，闭嘴！"江夏大喊一声，挂断了电话。

她扔掉手机坐在床上摸了摸自己的脸颊，感觉到从耳朵到下巴尖都红得发烫。

"江夏?"外面的男生站在门口敲了敲门,"你把砂糖放在哪个抽屉了?"

"不许进来!"江夏大声说,她用手背贴着脸凉了一会儿,打开门推着他往厨房走,"不许回头看我!"

谢冉有些迷茫不解地被她推着回到厨房,在她的指挥下目不斜视地用沾了水的面皮包肉馅,然后乖乖地站在灶台前握着汤勺煮水饺。

"可以看你了吗?"往锅里添第三次水的时候,他试着问了一句。

江夏抱着猫坐在餐桌边,抬手摸了摸自己的脸颊确实不烫了,才点点头:"可以了。"

谢冉一边搅着汤一边回头,他歪着头看了她一会儿,笑着指了下自己的耳郭,说:"江夏,你耳朵这里,好像有点红。"

"你今天怎么回事?"他感到好玩地问。

"不许看我!"江夏觉得自己的脸上又在发烧,赶紧跑过去捂他的眼睛,"闭上眼,闭上眼!"

"闭着眼要怎么煮饺子?"谢冉有些无奈地摇头,被她从背后踮起脚用手掌遮住眼睛,他只好闭着眼睛摸索着去找汤勺。

手腕突然被人捉住，女孩的体温覆盖上他的手背，她红着脸握着他的手，把汤勺放进他的手掌心，然后领着他继续搅动锅里的汤。

她的身体轻轻贴着他的后背，姿势近乎一个亲密的拥抱。她听见他的心跳加速了，在满屋的烧水声里咚咚地响，同她的心跳声交汇到一处。

"除夕夜我们一起去看烟花吧。"她贴近他的后背悄声说，"我有一件很重大、很重大的事要告诉你。"

阳光从玻璃窗外翻涌进来，厨房里的男生轻轻闭了下眼，没有说话。

除夕夜，风停了，雪近乎笔直地坠落。

两个人一起吃了年夜饭，搭乘公交车去江边看烟花。

除夕夜的大巴里没什么人，头顶上昏黄的灯摇摇晃晃。停车的时候，男生先下去，然后伸手接住从车上跳下来的女孩。

江夏拉着谢冉先去精酿啤酒店买了酒，接着找了个僻静无人的江岸，靠在一起看对面的烟花。他们并肩坐在江边，一人戴一只耳机听着歌。

江面上落了一星一星的灯火，头顶上方是炸开的烟花，像流星那样划过天空，把灿烂的光抛洒在粼粼的水面上。

两个人都喝了点酒，微微有些醉意。江夏坐在台阶上小口地喝着梅子味的气泡酒,谢冉把大衣脱下来披在她的身上,然后坐在她身边,抬头看天上流动的光。

他们有一搭没一搭地聊着天。

"还记得认识我的那一年吗?"江夏托着脸回忆,"那年我才十四岁,当时可崇拜你了。"

"我记得。"谢冉想了一会儿,笑道,"那时候大家还在玩论坛,我看见你发给我的私信,觉得你真是天才少女,怎么可以写出那么有趣的故事。"

"我们当时怎么有那么多话可以聊?"江夏忍不住笑起来,"我连做梦都在跟你打字聊天。"

"我也是。"谢冉轻轻笑着,"不过现在回头看那个时候的聊天记录,感觉很丢人。"

"十七岁那年……"江夏捧着梅子气泡酒慢慢地说,脸颊因为喝了酒而微微泛红,"我收到你寄给我的诗集。"

"里面说,'对于一个真正的诗人来说,生命的每一个瞬间、每一件事都应该是诗意的,因为其本质就是如此。'"

他接着说:"世界上并没有这样的人。"

"可是谢冉,"她轻声说,"我想到的是你。"

雪在那一刻寂静无声地落下来,连风都止息的瞬间,只有微微的气流穿行而过。

男生在那一刻无声地闭上眼,女孩放下手里的玻璃瓶,转过身,仰起头,唇落在他的嘴角。

她在烟花下轻轻地吻他。

"谢冉。"

"我喜欢你。"

这时候天空亮起数不尽的烟花,一束又一束仿佛漫天坠落的星。

我们一起看过漫天的烟花,烟花落尽,就当我们共度了一生。

那个吻和烟花一样短暂。

无数火花坠落在水面上,溅起灿烂而明亮的光,雪从天心的那一点落下来,纷纷扬扬又飘飘洒洒,不知不觉就落了满头。

呼吸很轻地落在嘴角,她感觉到男生的嘴唇很软,有些冰凉。她嗅到他身上的气味,清冽而洁净,像是落在云端的雪,干净得不可思议,仿佛不是来自人间。

借着那点儿醉意,她轻轻地吻着他。他静静地闭着眼睛,身体微微颤抖,呼吸在这个吻里近乎消失。他就这样被她拥抱,安静地被她亲吻。

又一束烟花在头顶上方炸响,夜空亮了一下又暗了。

趁着那个明灭的瞬间,她假装喝醉,飞快地靠在他身上,把脸埋进他的怀里,将呼吸放得很轻很轻,装作睡着的模样,她想骗他一下,想知道他的反应。

男生似乎怔住了,那个在烟花缝隙里的吻,灿烂得仿佛一场幻觉。

他抖搂大衣上的雪,小心翼翼地把衣服盖在她身上。又过了好久,他才轻声喊她:"江夏?"

她假装没听见。

"江夏?"谢冉又问。

她闭着眼睛继续装睡。

谢冉有些无奈地笑了笑,拂去落在她发间的雪。低头的那一刻,他在她的耳边轻声说:"江夏……对不起。"

"对不起……"他轻轻地说,"别喜欢我。"

她闭着眼睛保持不动,可是心却猛烈地抽痛了一下。

"江夏,很抱歉……我只能陪你到这里了。"谢冉低声说,"有时候我在想,我没办法陪你一辈子,也许长大就是有一天你没有我也可以很好地生活下去。"

"你看,"他轻轻笑着说,"现在你已经不需要我了。"

怀里的女孩闭着眼睛不说话,他又等了一会儿,终于相信她是真的醉倒了,便用大衣小心地把她裹起来,带她踩着雪去公交站台坐大巴。

摇晃颠簸的车厢里,女孩静静地靠在男生的肩头装睡。她趁他没注意的那一刻悄悄抬了下眼,看见他戴着耳机听歌,支起一只手肘,偏过头望着窗外掠过的风景。

流动的光影投落在他的侧脸上,他低垂着眼,里面有好多她看不懂的情绪,那么温柔又那么缱绻,还有一丝很淡的、她读不出来的哀伤。

公交车摇晃着到站了,他们又回到那个老屋,男生推门进去,把睡着的女孩抱起来轻轻放在床上,又帮她把厚外套脱去,然后盖好被子。

他坐在她身边看了好久好久。

久到她以为他会一直安静下去,忽然他很轻地开口。

"冬天太冷了,"他轻声说,仿佛呓语般,"也太寂寞了。"

"我一个人没办法待下去了。"

他无声地闭上眼睛:"也不想要你陪我一起。"

落地窗下,穿白衬衣的男生靠坐在墙边,深深地垂下头,双手用力撑住脑袋,头几乎低到了肘弯,他无数次深深呼吸,克制着所有那些难以抑止的情绪。

夜深时分,窗外还有烟花炸响。

那些花火落在地面上,仿佛翩跹的流萤,灿烂纷飞,却终又归于平静。

那年冬天以后,江夏从谢冉那里搬出去了。

她和系里的老师们聊过一次，确定选择不保研本校，而是毕业后直接工作。开学后不久，她找到了一份不错的实习，每周上三天半的班，所以干脆在上班地点附近找了个一室户的出租屋。

谢冉和她的关系回到以前的朋友状态，那些暧昧不清的过往被双方很有默契地遗忘。

她搬走的那天，谢冉帮忙打电话叫了搬家公司，两个人坐在摇摇晃晃的卡车后面，还是很自然地、有一搭没一搭地讲着话，就像她刚来这座城市的那些日子，他帮她搬东西到新生宿舍。

搬到新房子以后，谢冉来过几次，帮她组装书柜和床架。当她一边说着不许看女生专属的东西，一边把纸箱里的超大号毛绒玩具熊抱出来的时候，他还是轻笑出声，被她凶巴巴地瞪回去。

顺利搬家的那晚，两个人一起在屋子里碰杯庆祝，不过喝的不是冰可乐而是冰啤酒，易拉罐冒着气泡，轻轻地碰到一起，好像回到好多年前的那天，他们初次见面的时候，那个寂静闪光的夏夜。

升入大四后，江夏过得越来越忙碌，和谢冉的联系也越来越少，他们好像那些因为时间流逝而日渐疏远的朋友，逐渐变得陌生。

江夏已经很少给谢冉发短信了,谢冉也几乎不再回复她的消息。

秋天的时候,谢冉又去了一趟北京,在那里拿了好几个奖,出了几本新书。有时候江夏会在报纸上看见他拿奖和出书的消息,对他的近况的了解,也总是从别人那里得知。

只是偶尔在深夜的时候,她会忽然想到,他一定又没有好好睡觉。

毕业后,江夏找到了一份在南方的工作,她拖着行李箱坐火车离开。

谢冉从北京回来了,到火车站送她。

两人再次见面的时候,他比以前好像又成熟了一些,身上有种很特别的、年轻作家的气质。但他还像记忆里一样,穿一件干净的白衬衫,靠在栏杆边微微仰头,阳光把发梢照得仿佛发光。

看见她的时候,他回过头,笑着说:"江夏,好久不见。"

她抬起头看他。

有一瞬间她想说,你怎么又瘦了啊。可是她说不出口,她很想再轻轻地抱一抱他,可是她没有那么做的理由。

谢冉接过她的行李箱,送她去火车站进站口。两个人肩并肩走在人流里,有一搭没一搭地说话,终于好像慢慢找回了以前熟悉的感觉。

"火车要坐二十多个小时,"男生认真叮嘱,"上车了要注意手机电量,到了饭点要吃饭,熄灯了就睡觉。"

"我知道啦。"女孩小声哼哼,"我都毕业了,又不是小孩。"

"下车的时候别忘记行李箱。"男生想了想,还是没忍住。

女孩扑哧笑出声:"知道啦,大角老师。"

熙熙攘攘的车站里,女孩穿着浅色的棉麻布裙,踩着一双厚底白球鞋,轻快地背着手走在男生身边,说话的时候眉眼弯弯地笑,好像又回到他们最初相识的时候。

他们跟着人群走到进站口前,江夏转身接过谢冉递来的行李箱。夏日午后的阳光有些炽烈,她从帆布包里翻出一顶旧棒球帽,抓了抓头发往头顶上戴。

谢冉看着这顶帽子,轻轻眨了下眼,觉得有些眼熟。江夏看了他一眼,笑着解释说:"是你的帽子啦。你还记不记得大一时我有次扭伤脚踝,你背我回宿舍时给我戴了顶帽子?"

"好像记得。"谢冉试着回忆了一下,"你居然还留着啊。"

"可以送我吗?"江夏眨眨眼睛,"反正都放在我这里这么久了。"

"送你了。"谢冉伸出手,似乎要帮她整理一下帽子。

可是他忽然轻笑了一下,随手摘下帽子盖在她脸上,像个不大不小的恶作剧。

"谢冉,你干什么!"江夏被罩在帽子底下大声喊。

她怔了一下,面前的男生微微倾身,隔着帽子轻轻地吻她。

车站里人潮汹涌,远方的列车驶过铁轨,阳光纷纷扬扬地坠落。

她闭上眼睛,感觉到他的吻落下来,隔着一顶棒球帽,一个漫长而寂静、温柔又无声的吻。

"江夏同学,"他在她耳边轻声说,"很高兴认识你。"

然后他松开手,把那顶帽子戴回她的头顶,看着她轻轻笑了一下。

这时候,头顶上方的车站广播响了:"列车已经开始检票了,乘坐本次列车的旅客,请整理好行李物品,到检票口检票上车……"

"到时间了。"谢冉轻声说。

江夏踮起脚,仰起脸看了他好一会儿。她几乎想要张开双臂拥抱他,可是最后只是摸了摸他的头发,然后拉起行李箱,向检票口走去。

谢冉站在她的身后,安静地看着她离开,他在川流不息的人海里注视着她，好久好久，久到他自己都无法确定时间。

那是她最后一次见到他。

那天他们没有说再见，所以再也没有见过。

后来她无数次想，要是她回头了就好了。

他们分开了。

没有谈过恋爱，所以也没有分手。

她只是单方面地失恋了。

起初，江夏还能在报刊上看见有关谢冉的新闻，他新出了书，他又拿了奖。

渐渐地，"大角"这个名字好像从全世界销声匿迹了，人们逐渐遗忘了他，忘记曾经有一个年轻的科幻小说家，那么年轻又那么有才华，被期待着取得国际性成就。

朋友们似乎都知道他们有过一段暧昧又混乱的过往，聊天的时候都避开他的名字。以前编辑老妖还会偶尔提及他的近况，但没过多久也不再提了。

聊天列表里那个暹罗猫猫头早就不再亮了。他不再回她的短信，也不再接她的电话。有天深夜，她喝醉了酒打电话给他，只听到一片嘟嘟的忙音，就像是空白的时间本身。

唯一与他的联系,就是每年她生日的那天,还会收到他寄来的书。

有时候是小说,有时候是诗集,有时候是大开页的画册,每本书的包装都是拆开的,扉页上是男生流畅而好看的手写字迹,他祝她生日快乐,大角。

就像他答应过她的那样,寄来的书再也没有迟到。

其实回想起来,他们的每个约定他都完成了。

和她的约定完成了,他就再也没有回来。

有一年圣诞节天气很冷,她窝在被子里看那部叫《真爱至上》的电影。

底下滚动的字幕把电影里的葡萄牙语对话也翻译了出来,那一刻她突然发现,当年他们一群人挤在出租屋里看电影的时候,他翻译的那段对白里,其实并没有一句葡萄牙语的"我爱你"。

那句凭空多出的"我爱你",是他说给喜欢的女孩听的。

冬日的深夜很寂静,风吹落窗台上的积雪。她坐在窗边,窝在被子里哭了好久,可是那个会安慰她的人已经不在了。

十年之后的夏天,她又回到上海。

最后一天的晚饭是在年祈家吃的，编辑老妖和茄子老师都在，闻法师从外地赶来，连一向很忙的洛时都专程请假来聚餐。

一顿火锅吃得很开心，朋友们聊起以前的事：以前年轻冲动又莽撞的时候一起办的杂志，以前在编辑部吵过又和好的架，以前柳夏老师还在时，他们一起说过的话、开过的玩笑、玩过的游戏。

提到谢冉时，所有人都静了一下，满屋的烧水声响了一会儿，年祈缓缓开口："他……"

"其实我知道他已经不在了。"江夏拨开颊边的一缕发丝，转过头望着玻璃窗外的雨，"你们大家都帮着他一起瞒……我也只好装作不知道。"

"我怎么可能会不知道。"她轻轻笑着道。

顿了一下，她轻声问："谢冉他……是怎么走的？"

"后来……"年祈低声回答，"他已经病得很重了。

"是一种神经系统的恶性肿瘤，有人叫它胶质瘤，也有人叫它脑癌，治疗效果很差，还很容易复发。我也是很久以后才知道，他很多年前就做过一次手术。"

"再后来他去做第二次手术……做完手术没多久就抢救无效去世了。"他闭了下眼，"最后的那些日子里，他一个人住在北京郊外的房子里，走时非常安静。"

"是什么时候?"

"你毕业之后那一年冬天。"

"其实我猜到了。"江夏轻声说。

她怎么可能会不知道,其实他已经不在了。

死亡其实是有预兆的:那些寄来的书,手写的信,越来越少的对话,以及越来越温柔缱绻的目光。

他对这个人世还有很多眷恋,他以为那个除夕夜里她醉了酒,没有听见他轻声说的那些话。

那个明亮灿烂的夏日午后,他们在人潮涌动的火车站彼此道别,他忽然把帽子盖在她脸上,低头轻轻地吻她,还以为帽子底下的她不知道。

他们都太年轻而笨拙,因为太害怕让对方伤心,所以各自都撒了谎。

他把死亡伪造成一场漫长的离别,花了十年时间同她慢慢道别。

而她把生活伪装成他还在的样子,任凭他欺骗了她十年。

她又骗他。

可是他再也不会知道了。

有时候觉得上天太残忍……

他还那么年轻,又那么有才华,为什么要那么早就离开人世。

"你去那里找他吧。"年祈轻声说,"他的房东一直住在美国,房子早就不出租了,每年还会请人打扫,他留了钥匙在信封里,你还可以回去看看。"

可是那里已经没有人了。

那个夏日的傍晚时分,有过一段很短暂的晴天。

江夏握着信封里的钥匙,打开了出租屋的门,扑面而来的是漫卷的日落的光。

猫早就已经不在了,不会再从窗台上跳下来,轻轻地蹭她的裙角。厨房里的冰箱是老式的,灶台上落着灰,他们曾经在那里一起做饭。

她脱下鞋子,踩着白袜子走到木地板上,看见客厅的落地窗边放着一本很旧的书,谢冉自己的书。

风从背后涌来,沙沙地翻动纸页。

书的扉页上面写着:"江夏同学,很高兴认识你。"

一瞬间好像回到好多年前那个阳光遍地的夏天,男生靠在栏杆边,穿着白色衬衫,卡其色的裤子,随意地戴着耳机,看见她就笑起来,他摘下一只耳机,喊她的名字。

记忆就像一张老旧的唱片,磨啊磨,到最后很多东西都变得模糊,但有些事情却在深夜忽然涌来,怎么也忘不掉。

比如那些没完没了的短信，打不完的电话，走不到头的街道，悄悄牵住的手，那个人身上的薄荷味道，老旧的洗衣机在冬天结了冰，屋子里到处是肥皂水的气味。

比如那个除夕的夜晚，江面上都是一星一星的光，清寂的灯火扑向人间，他们就在那些灯火里安静地接吻。

可是回忆里充满了无处不在的悲伤的预兆。

他笑着在她身后说："江夏，回头。"

他轻声说："江夏，抓紧我。"

他伸出双手递给她，说："带我走。"

她没有回头，没有抓住他，也没能带他走。

人世间的很多事都没有那么圆满。

上天在你失落时送给你一个天使，又在你长大后将他收了回去。

他们有因为思念的拥抱，因为疼痛的拥抱，可是只在那个冬日午后的灶台前，有过一次近乎恋人间的拥抱。

在那个除夕夜里她亲吻他的时候，他需要用尽全身所有的力气，才能让自己不去回应。

是什么时候爱上她的呢？

在那个冬日的清晨，停电整整一晚后，她悄悄牵住他的手的那个瞬间，他爱她这件事就再也无法停止。

年少的时候不够勇敢，不敢热切地去爱他。

如果可以回到那天就好了，她要不顾一切地回头。

因为去北京而分开的那一年，以及离别之后的最后的日子里，他每一天都在想她。

夏天的萤火都熄灭了，

星星在深夜里睡了，

路过的花也落了，

天又亮了，

你教我的歌都唱完了，

还有没有人在听。

（正文完）

Extra
除夕夜

她回过头。

轰隆轰隆的火车声响过,站台上涌动的人潮飞速地后退,时间沿着记忆的轨迹不停倒带,纷乱的阳光落在她的眼睑上,带着一点旧时光里残留的遥远温度。

"江夏,江夏。"有人在喊她的名字。

干净好听的声线在耳边响起,含着一点笑意,嗓音被阳光晒得发烫,还是记忆里的模样,像是冬日清晨落在晴天里的阳光,有一种特别的温暖。

"谢冉?"她轻声问,睁开眼睛。

她靠在木地板上的懒人沙发里睡着了,落地窗外是冬天落着雪的梧桐,风哗哗地吹过道路,街边贩卖早点的小店里冒着热腾腾的白雾。

谢冉站在她面前，俯下身来，低头在她的耳边轻轻把她唤醒。

冬日清晨的阳光落在他的发梢上，晕染成一团柔软的暖金色，他含笑的眼睛里也落着光，盛满了她的影子。

"你醒了？"他笑着说，"你真的睡了好久啊……"

"我睡了好久吗？"江夏揉着脑袋坐起来，思绪因为睡了很久而一团混乱，"现在是什么时候了？"

"已经是下午了。"谢冉递给她一杯温水，"再过一会儿，茄子老师他们就要来了，我们得赶快准备好……"

"茄子老师他们过来干什么？"江夏歪了歪头。

"今天是除夕啊。"谢冉说，"今年刚好大家都在上海，所以就来我们这里过年了。茄子老师说要吃火锅，让我们两个去买食材，超市下午六点就关门，再不快点的话就买不到了。"

"今年是哪一年？"江夏愣了一下。

"二〇一五年。"对面的男生撑着下巴，看了她一会儿，笑起来，"江夏同学，你不会睡一觉就睡傻了吧？"

"不许喊我江夏同学！"她哼哼，"我明明已经毕业半年了……"

谢冉揉了揉她的头发，把她从懒人沙发里拉起来，将她喝完的马克杯接过来搁在桌上，然后从衣架上抓起一件高领羊绒衣，套在她头上，帮她整理好领子，又递给她一件羽绒服。

"走吧。"他也拿起一件羽绒服，拉着她的手往门口走。

这时，暹罗猫从窗台上跳下来，喵了一声，跳到门口的猫爬架上，居高临下地看过来。谢冉笑了一声，摸了摸猫的圆脑袋，认真地对它说："暹罗，除夕快乐，晚上给你带鱼罐头。"

暹罗猫又喵了一声，似乎勉强对主人的话感到满意，又跳下来去蹭在门口换鞋的女孩。

两个人哄了半天猫，终于赶在超市关门前的最后一小时出了门，挤在熙熙攘攘的人群里逛超市。穿浅色羽绒服的男生推着小推车，身边的女孩踩着一双白色运动鞋，在他身边一蹦一跳地走。

"茄子老师喜欢吃金针菇，老妖叮嘱我多买些牛肉卷，老年说他要很多很多的大白菜……"谢冉对着一张清单一个个念着，江夏就伸手去拿货架上对应的东西，各种各样的食物堆得小推车里满满当当。

番茄味的火锅底料在货架最顶上，江夏伸出手去够，这时谢冉从她的背后稍稍抱起她，让她双脚高高踮起。

"这样够得着吗？"他笑着在她耳边问。

说话的时候，他的呼吸很轻地洒在她的耳郭，江夏感觉自己耳朵有点红了，她背对着他，不说话，一只手努力向上举着，摇摇晃晃地够到了一大包调料，用手指钩着拽下来。

啪的一下，她一个没抓稳，调料包掉下来，砸在背后男生的头顶上。

他啊了一声，因为抱着她没办法躲开，只好无可奈何地笑着抱怨："江夏同学，你是不是故意的？"

"我才没有……"江夏刚开口，还没说完话，调料包就像多米诺骨牌一样一个接一个地倒了，紧接着噼里啪啦地从货架上往下掉。

谢冉一边被砸一边护住她的脑袋，最后捂着自己被砸的脑袋歪过头看她。

江夏看着他无辜又无奈的神情，突然扑哧一声笑了，结果一不小心又碰倒了货架上的调料包。

等到手忙脚乱地捡起满地的调料包，又好不容易花了半天全部收拾好了，两个人站在货架下面对视了一会儿。

"希望超市不要介意。"谢冉看着重新摆放整齐的货架，抓了抓头发。

"但愿调料包们会原谅我们。"江夏双手合十，对着排成一排的调料包拜了一拜。

两个人同时笑出声。

这时候,口袋里的手机铃声响了。

"夏天,大角,你们两个怎么还没好!"电话一接通,听筒里就传来年祈骂骂咧咧的响亮声音,"我在冬日寒风中冻得瑟瑟发抖,简直可以给你们现场唱一首《北风吹》!"

"抱歉抱歉,"谢冉笑着说,"马上出来。"

江夏和谢冉从超市买完东西出来的时候,年祈已经在路边的三轮车旁来回走了好久,见到他们就大力招手:"快来快来!"

"老年,除夕快乐呀。"江夏弯着眼睛笑,帮着谢冉把装满食物的环保袋放到三轮车的后座上。

三轮车停在谢冉出租屋的小区外面时,茄子老师和编辑老妖也已经到了。老妖打着电话,和洛时聊着杂志社最近的情况;茄子正在路边的小店里买水果,笑吟吟地和店老板搭着话。

几个人提着大包小包来到出租屋,茄子老师指挥着谢冉和年祈两个男生做苦力。江夏站在厨房的洗手台前洗一打新鲜苹果,老妖去小区外面不远处的酒吧买德国进口啤酒。

不久后,门铃丁零零地一次次响起来,先到的是抱着一大袋零食的闻法师,接着是连吃火锅都要穿西装的洛时,最后是风尘仆仆从郊外赶过来的诗人柳夏,他特意去街边的花店买了一束花捧在手里,照旧穿着他那件洗得发白的外套，站在门口有些腼腆地笑着。

朋友们都到齐了，就开始一边看春晚一边吃火锅。

火锅是鸳鸯锅，一半是红彤彤的麻辣锅，一半是香喷喷的番茄锅，都冒着袅袅的热气。整桌人里只有谢冉不碰辣锅。茄子老师忍不住又嘲笑他，他假装听不见，给江夏夹菜。

吃完火锅以后，一群人商量着看电影，选了爱情片《真爱至上》。

江夏捧着一个盛满德国黑啤的马克杯窝在懒人沙发里。谢冉拉了一个坐垫过来，坐在她身边，偶尔在电影进行到有趣的地方时，附耳过来轻声和她讲话，还为她翻译里面没有字幕的葡萄牙语台词。

窗外开始簌簌落雪，暹罗猫窝在靠在一起的两个人之间，呼呼大睡。

除夕守岁时，朋友们讨论了一会儿，决定去江边看烟花。

冬日的夜晚，街上飘着雪，江面上落着一星一星的光，一群人在下过雪的街道上笑着走过，一边说话一边谈笑打闹，一路上都是长长的脚印。

茄子老师扯着闻法师领头走在最前面，老妖和洛时走在中间激烈地讨论着杂志社的事务，柳夏和年祈跟在后面聊着有关现代诗的话题。

江夏和谢冉还是走在最后面,随意地听着他们的对话。

经过一盏路灯时,江夏侧过脸,看见谢冉把手插在大衣口袋里,微微仰着头看天空,路灯的光映着雪落在他的眼底。

雪粒从天而降,落在他的发梢上,一星一星的像是细碎的光。

"谢冉。"江夏忽然喊他。

"我在。"他笑着应。

"谢冉,"江夏低着头轻声说,"我做了一个好长的梦,梦里你得了一场很重的病……"

头顶上忽地沉了一下,她抬起头,看见谢冉揉了揉她的头发,轻声说:"别怕。"

"梦里都是假的。"他偏过头笑着说,"你看,我不是就在你身边吗?"

"你会一直在我身边吗?"她低声问。

他怔了一下,又笑了:"会的。"

这时候,不远处的朋友们已经在朝他们挥手:"夏天,大角,快来!准备跨年了!"

一群人挤在熙熙攘攘的人群里抬起头,风卷着雪花落在每个人的头顶,时钟快走到北京时间零点的时候,所有人一齐大声倒计时，直到烟花炸响的那一刻。

漫天的烟花坠落在他们头顶，像是下了一场无穷无尽的灿烂流星雨。

人群之中，江夏转过头，听见谢冉笑着说："江夏，新年快乐。"

"还有，"烟花的光芒落在他的眼底，像是星星闪烁，"江夏，我喜欢你。"

然后他低下头，在无数的烟花下轻轻地吻她。

这是二〇一五年的除夕夜，漫天的烟花像是一场盛大的花开。

那时候柳夏老师还活着，所有人都还是好朋友。朋友们在雪地上大笑着拥抱，而他们在烟花绽放的刹那接吻。

他们在出租屋里写作、读书、做饭、养猫。冬天下雪的时候，窝在一起看电影；夏夜起风的时候，坐在楼顶上看星星。

有时候会分开，更多的时候在一起，就像这个世上所有平凡而相爱的人。

冬季的傍晚，日落时分的天空深蓝，落地窗外还在簌簌落雪。

女孩和猫一起窝在懒人沙发里，抱着电脑看爱情片。这时候，门外响起钥匙转动的声音，穿着羊毛大衣的男生从外面进来，发梢还落着雪。在她抱着猫跑过来的时候，他站在门边轻轻地吻她。

二〇二四年夏天，她从出租屋的木地板上醒来，身边空无一人。

搁在木地板上的手机屏幕亮着光，早就不是当年他送的那台按键手机。她低着头点开屏幕，戳开 QQ 列表里那个灰了很多年的暹罗猫猫头，对着聊天记录发了会儿呆。

"今天来上海见你了，在我们住过的地方做了个梦，梦里回到好多年前，一切残酷的事都不曾发生，柳夏老师还活着，老年还没有去德国，洛时和老妖还没有决裂，我们还在一起。"

"其实我知道我已经见不到你了。"

她在对话框里打字：可是谢冉，我很想你。

风哗哗地流过房间，落地窗外正在日落。

门外吱呀一声响了，好像有什么人推门进来，笑着向她走过来，喊她的名字。

她忽然哭了。

（全文完）

图书在版编目（CIP）数据

那个夏天的故事 / 文成三百斤著 . -- 南京：江苏凤凰文艺出版社，2025.6. -- ISBN 978-7-5594-9371-2

I.I247.5

中国国家版本馆CIP数据核字第202577V8U0号

那个夏天的故事

文成三百斤 著

责任编辑	耿少萍
策划编辑	姜　舟
特约编辑	姜　舟
封面设计	普遍善良
责任印制	杨　丹
出版发行	江苏凤凰文艺出版社
	南京市中央路165号，邮编：210009
网　　址	http://www.jswenyi.com
印　　刷	三河市九洲财鑫印刷有限公司
开　　本	880毫米 × 1230毫米　1/32
印　　张	7.75
字　　数	139千字
版　　次	2025年6月第1版
印　　次	2025年6月第1次印刷
标准书号	ISBN 978-7-5594-9371-2
定　　价	45.80元

江苏凤凰文艺版图书凡印刷、装订错误，可向出版社调换，联系电话 025-83280257